JSF
A.OBINATA

大怪獣のあとしまつ

講談社文庫

大怪獣のあとしまつ

映画ノベライズ

橘 もも　　脚本 三木 聡

講談社

大怪獣のあとしまつ

映画ノベライズ

卒業以来、数年ぶりに足を踏み入れた教室は、変わらない木と鉄の匂いがした。すごい、まだ同じの使ってるんだ、と見覚えのある机の傷を指でなぞりながら——似たような傷がついただけかもしれないけれど——思い出話に花を咲かせる元クラスメートたちを、雨音（あまね）ユキノは遠巻きに眺める。

須田（すだ）くんの出征を励ます会、と黒板に書かれた上に大きなバッテンがつけられ、その下に「単なるクラス会」とまぬけな文字が並ぶ。

今生（こんじょう）の別れになるかもしれない、と悲壮感たっぷりに連絡をくれた幹事は、スナック菓子をかじりながらゲラゲラ笑っているし、主役だったはずの須田が注目を集めていたのは最初だけで、今ではすっかり放置されて、ひとり椅子のうえで膝を抱えながら、スクリーンに映し出された映像を眺めていた。

結婚式のプロフィールビデオみたいに、幼少期からの写真が流れ、高校時代、どれだけ須田が仲間に愛されていたか主張される。みんなあなたのことが大好き、だから絶対に無事に帰ってきてね、待ってるから、と神妙に、深刻になりすぎないトーンで、わずかな高揚感とともに語られるメッセージを、いったいどんな気持ちで聞いてるのだろう。と思っていると、

「これがまた有効になったりしないかなあ」

須田は一枚の紙をとりだして、つぶやいた。

なにそれ、と覗き込んだ井上に、須田はにんまり笑って椅子の上にたちあがり、水戸黄門よろしく紙を見せつける。

「召集令状！　俺の」

「ええっ」

どよめきが起きて、乾杯ぶりに須田が輪の中心に戻る。

「マジ？　ちょっと見せて」

「え～ちょい怖じゃない？」

もはや誰も、非日常の高揚感を隠そうとはしていない。

もしこれが予定どおり、出征を励ます会だったなら、須田をとりかこむ彼らの目には、涙が浮かんでいただろう。今みたいな、むきだしの好奇心ではなく。

たった十日で、状況は一変してしまった。

絶望と死の香りが充満していたあの頃が嘘みたいだ、とユキノは想いを馳せる。こんなふうに、呑気に笑いあえる日がくるなんて。

けれど不安の種がすべて払拭されたわけではない。

十日前と同じように、窓の外には轟音を立てながら飛ぶ政府の軍艦が見える。上空をぼんやり見上げていた久月が、怯えたようにぽつりと言った。

「弐番艦が飛ぶってことは……情勢が変わったのか？」

「怪獣が生き返ったりとか」

「だったら緊急警戒警報が鳴るでしょう、実際」

と、大里が馬鹿にしたように笑った瞬間、ぢりりんぢりりりん、という焦燥感を煽る警戒音が教室に鳴り響いた。

〈緊急警戒警報です〉のアナウンス音にみんなが、はじかれたようにスマホをとりだす。

「うそ！」

〈怪獣の動きに警戒してください〉

「いやあ！」

ぢりりんぢりりん。

「まじで？」

「どうしよう！」

パニックが起きかけたそのとき、

「ちょっと須田くん、やめなさいよ！」

鋭い叱責（しっせき）が飛んだ。

視線を一身に集めた須田が、へへっと小さな袋を掲げて見せる。押すと警報音の鳴る、おもちゃだった。

「なんだ、どっきりかよ」

「ふざけんなよ！　お前なんか、こうだ！」

「いててて、やめ、やめ、ごめんて！」

ひょろっとしているわりに力強い久月のヘッドロックに、須田が本気の悲鳴をあげる。そうしてようやく、教室中に走った緊迫感がほどけた。

プロレス大会に突入した元クラスメートたちを尻目に、ユキノはそっと教室を出る。

——まだみんな、怖がってる。

必要以上にはしゃぐのは、怯えているからだ。

本当にもう、安全なのか。平穏な日々は、戻ってきたのか。わからない。だってまだあいつは、そこにいる。息絶えてはいるけど、存在感の大きすぎる巨体が、すぐそばに転がっている。

ふと油断した隙にまたあの怪獣がよみがえり、暴れるんじゃないのか。

そんな恐怖を誰もが、胸の内に秘めている。

怪獣と呼ばれる、人類を未曾有の恐怖に陥れた巨大生物が、突然の死を迎えてから十日あまりが経過した。

怪獣。

どこからやってきたのか、なぜ出現したのか、誰も知らない、わからない、恐竜みたいな姿の生き物。突如現れ、咆哮をあげて大地を踏み鳴らし、無辜の人々をしなやかな尾で薙ぎ払って、東京を壊滅寸前まで追い詰めた。

頭からしっぽの先まで、推定三百八十メートルだと、あるときニュースキャスターが言った。どれくらい大きいかといいますと、そうですね、あの、通常、大人が歩いて五分くらいの距離、銀座四丁目の交差点からですと歌舞伎座までといったところでしょうか。

知らんがな。

と乾いた笑いを浮かべたのはユキノだけではなかっただろう。

徒歩五分だろうと十分だろうと、人類が太刀（たち）打ちできないくらい巨大であることには変わりない。くわえてどんな武器も通用しない鋼鉄の皮膚をもっている、という事実だけで充分だった。人類を、絶望させるには。

終わりだ、と誰もが思った。

怪獣が背びれで、ビルをキノコ型にえぐって破壊する。

倒壊したビルの下敷きになって人が死に、ガス管が破裂して起きた火事でまた、人が死んだ。東京を脱出しようとする人波のなかで暴動や略奪が起き、やっぱりそこかしこで、人が死んだ。死者が百人を超えました、五百人を超えました、なんと千人です！　と危険を煽るばかりの報道に、逃げ場がないと悟（さと）ってみずから死を選ぶ人もあとを絶たなかった。

そんなとき、現れたのだ。

あの光の球が、突如として。巨大怪獣の頭の上に。

人々が息を潜（ひそ）めるようにして怪獣がゆきすぎるのを待っていた夜明け前。

河川敷をのっしのっしと眠りもせずに闊歩していた怪獣の、全身が光に包み込まれたかと思うと、不意に奇妙な静寂が訪れた。

次の瞬間、巨体がゆらりと、小さく振れた。

続いて、激しい爆発が起きた。のちに核兵器を使用したのではないかと糾弾する声があがったのも仕方がない威力だった。吹き荒れる暴風と地震でビルも家屋も倒壊し、窓ガラスが砕け飛んで、高波で多くの人が流され、第二の禍が幕をあけたのだと絶望した人たちも少なくなかっただろう。

実際、その轟音で目覚めたユキノは、夜明け前の空に走る閃光に世界の終わりを見た気がした。ああ、もうだめなんだ。私たちみんな死ぬんだ。と、不思議な落ち着きをもって、覚悟した。

けれど実際のそれは、恐怖に耐え忍んだ人類を救う天からの祝福だった。

粉塵がおさまったころには、大地にでんと横たわる巨大な死体だけが残されていた。何がどうしてそうなったのかはわからないけど、あのまばゆい光が怪獣の生命を奪い去ったらしい、ということがやがて知れると、怪獣の倒れた川の周辺にマスコミや野次馬が大挙して押し寄せた。

白目をむいて、牙をむきだしにし、片足をつきあげるようにして転がっている怪獣の姿を映し出しながら、キャスターは、高さは最大で百五十五メートルとのことです！ と鼻息を荒くして伝えていた。これはですね、たとえるならば牛久大仏の約一・三倍です。大きいですね！

知らんがな。

ていうかもう、どうでもいいわ。

ユキノは呆れたけれど、あほくさ、とつぶやく口元の笑みはわずかに潤っていた。環境大臣の秘書官をつとめる彼女には、怪獣が死んだところで、むしろ死んだからこそ、やらなきゃいけないことが山積みだったけれど、それでも頬をゆるめる余裕ができたのはありがたかった。

そんなふうに、未曾有の大災害は、ふわっと終わりを告げたのだった。

だけどあまりにふわっとしすぎているから、みんな、妙に落ち着かない。

そもそも怪獣が出現したことじたい、現実味のないことだったけれど、唐突な終わりもまた、確たる実感をユキノたちに与えてはくれなかった。

──あのときいったい、何が起こったのか。

誰も答えを見つけられないその問いが、みんなの心に不安の芽を残している。

だから一刻もはやく、あとしまつをつけなくてはいけない。

本当の平和が戻ってくるのは、それからだ。

——こんなところにいた。

渡り廊下で目当ての人物を見つけると、自然と、ユキノは微笑(ほほえ)んでいた。

「……それにしても火急ですね。怪獣になにか？　あ、いえ、失礼しました。了解です、一八〇〇(ヒトハチマルマル)までには戻ります」

オールバックの髪に、どんなときでもすっと伸びた背筋。

この顔が見たくてユキノは、卒業以来、会ったことのない同級生の壮行会に参加することを決めたのだ。

「どうかしたの？」

声をかけると、帯刀(おびなた)アラタはそっけなく答えた。

「そろそろ行くわ」

「そう……ちょっと残念ね」

「残念？」

「ううん。元カレになにやら期待しすぎ？」

思わせぶりなユキノに、アラタは複雑な表情を浮かべる。

視線の先、ユキノの左手の薬指には、他の誰かと永遠の愛を誓った銀色のリングがはめられている。

「私も帰る。ちょっと待ってて」

アラタの返事を待たずに、コートとかばんをとりに教室へ戻る。

そのままいなくなってしまうような人ではないのはわかっていた。たとえ、ユキノと二人きりになることに抵抗があったとしても。

一年ぶり、だった。

最後に会ったときはずいぶん、ユキノも取り乱していて、彼に冷たい態度をとった。だけど、嫌いになったわけじゃない。お互いに。そう信じていたから、今日の再会を楽しみにしていた。何事もなかったかのように話しかければ、恋人だったころのよう、には無理かもしれないけれど、かつて同僚だったころのようには、関係を戻せるんじゃないかと思っていた。

それが、自分にとってひどく都合のいい解釈だということは、わかっている。

アラタは校門前で待っていた。

Japan Special Force——特務隊(JSF)のロゴが刻まれたオートバイにまたがる姿を、なんだかちょっと、切ないような気持ちでユキノは、見つめる。

「防衛準備態勢2（デフコンツー）が解除されたんなら、レベル3（スリー）のメールとかは大丈夫なんでしょう」

連絡してよ、という念押しだ。けれど、

「ああ、返信できるかわかんないけど」

軽く牽制（けんせい）される。

「使命とやらに逃げこむ気じゃないでしょうね」

「どういう意味？」

わかっているくせに、と苛立（いらだ）ちながら、

「あのとき、あなたは……」

言いかけたユキノの口を、アラタはエンジンを吹かせて塞（ふさ）いだ。ヘルメットのバイザーをおろしたのは、もう終わり、のサイン。

いつも、こうだ。

アラタはユキノを真正面から拒絶はしない。でもやんわり、突き放す。有無を言わせない、強さで。つきあっていたときからそれは同じで、どうにも踏み込めない一線が彼にはあった。

息を吐いて、ユキノが一歩うしろに下がると、アラタは背を向けたままオートバイ

を発進させた。

〈緊急車両が通過します。最優先走行中です。すべての車両に優先させてください。緊急車両が通過します……〉

車体から流れるアナウンスがエンジン音とともに遠ざかっていく。アラタの背中が豆粒みたいに小さくなって消えるまで、ユキノはその場で見送った。

「私はいつも、置いてきぼりか……」

――あのときも、そうだった。

別れるきっかけとなった、三年前のあの日も。

再会した、一年前も。

アラタはいつも、ユキノのことなんて、ふりかえりもしない。

大事なことは全部隠したまま、ユキノを置いて、どこかへ行ってしまう。

それでも。

「ご武運を」

祈らずには、いられない。

届かない言葉を風に乗せて、ユキノは小さく肩をすくめた。

「光と怪獣の死の因果関係は不明です。研究チームをたちあげ、調査します」

電車に揺られながら、ユキノはスマートフォンで官房長官の記者会見を確認する。昨日も同じことを言っていた。おとといも、その前の日も。

意味あるのかな、この記者会見、と思う。

わからない、ということが、こんなにも明確に続く現状は、かえって国民の不安を煽るだけなんじゃないだろうか。

首をかしげるけれど、たぶんそんなことは、政府だって記者だって理解していた。それでも、問わずにはいられないのだ。いったい、どうなってるんですか。政府はどう責任をとるつもりなんですか。不安と怒りをぶつける相手が他に誰もいないから。だって、たくさん、死んだのだ。

兵士の帰還と家族との再会を美談のように仕立て上げ、連日流してはいるけれど、帰ってこられなかった若い命のほうが、はるかに多い。

「痛恨の極みであります」と首相はくりかえす。

「お亡くなりになられた方々に対しましては心からご冥福をお祈りし、ご遺族の皆さまにお悔やみを申し上げたいと思います」

そんな通りいっぺんの言葉は、なんの役にも立たない。誰の悲しみも癒さない。幸い、ユキノに近しい人で死傷者は出なかったけれど、それは単に、ユキノにはプライベートで親しくしている友人がなく、両親もすでに亡くなっているから、というだけの話だ。唯一の肉親である兄は生命力の強い人で、はなから心配していなかったが、案の定、落ち着いたころに「生きてるよ。生きてるか？」とメールがきた。やっぱりちょっと、ほっとした。

そういう、具体的な手ごたえがなければ、誰も安心なんてできない。ましてや、納得なんて。

それなのに政府は、くりかえす。ただいま検証中です。善処します。慎重に慎重を重ね全力を尽くしたいと思います。国民の皆さまにはご不便をおかけしますが、命を守るためにも、どうかもうしばらくの不自由をお願い申し上げる次第です。

言葉が短くても、長くても、言っていることはいつも、同じだった。だから、こんな会見、今や誰もまともに観ちゃいない。ユキノだって、環境大臣の秘書官という仕事をしている立場から、いちおう、チェックしているだけなのだ。

——それにしても、あの光。

怪獣が死んでからの数日間、政府の会見があるたび視聴率がはねあがっていたのは、みんな一刻も早く、その正体を知りたかったからだろう。

光とエネルギーの強さから察するに、大気中の放電現象の一種ではないかというのが研究チームの見解だ。でも、たかが放電で怪獣が死に至るだろうかと、誰もが思う。電気を使った攻撃ならば、国防軍も特務隊もとっくに試していたはずだから。光の現れた瞬間を、衛星映像で確認しても、巨大な光の球が怪獣の頭上にあらわれたということ以外、なにもわからない。

その正体を、ユキノは切実に、知りたかった。

自分の立場を利用して、政府直轄の研究所が示したデータは片っ端から読み漁(あさ)ったし、もてる知識をすべて活用して、衛星映像に写った光を自分なりに解析しなおそうとした。

専門家にわからないことが、ユキノにわかるわけがないのに、それでも。

もしかしたら、なにか手がかりを得られるんじゃないか、自分にしか気づくことのできないヒントがあるんじゃないか、そう思ったから。

でも、何もなかった。

首相の秘書官をしている夫ならば、極秘情報を手に入れているんじゃないかと、それとなく探ってみたけれど、かわされた。

すでに伝えられていることをくりかえすことしかしない報道に、ユキノはため息をついて、スマートフォンの画面を消す。ちょうど、最寄り駅に着いたところだった。

駅の改札を抜けると、頭上から上司の声がした。

「ひきつづき不要不急の外出を控えてください」

「新しい、新しい日常にふみだしましょう」

呼びかけるのは、ビルの壁に設置された巨大ディスプレーに映し出された蓮佛紗百合(れんぶつさゆり)環境大臣だ。すぐに画面は切り替わり、

「新しい、新しい日常っていったいなんなんですかね」

と、若い男が半笑いでインタビューに答えるのが映される。

「そんなの、私たちだって知りたいよ」とユキノはなげやりにつぶやいた。


ベイエリアの高層マンションは、結婚したときに夫の正彦(まさひこ)が購入したものだ。ユキノにも稼ぎがあるのだから、一緒に支払わせてほしいと頼んだけれど、

「それくらい、カッコつけさせてくれよ」

とはにかむ彼に、それ以上強くは言えなかった。

でも最近は、無理にでも押しとおせばよかったな、と思う。

夫は、基本的にとても優しい。ユキノが傷つくことのないよう、いつだって配慮し

てくれている。でもときどき、それが、息苦しかった。ユキノを守ろうとする彼の騎士道精神めいた矜持が、わずらわしかった。

ユキノは、本来、肩を並べていたいたちなのだ。相手が友達であろうと、恋人であろうと。自分にできることは全力を尽くしたいし、たとえ敵わないのだとしても、追いつけるものなら走って追いかけたい。そんなユキノの性格を、正彦も知って結婚したはずなのに。

玄関の鍵をあけると、出かける時はなかったはずの、革靴が几帳面にそろえられていた。西日のさしこむ窓辺に、電気もつけずに正彦がたたずんでいるのを見ると、ユキノは貞淑な妻のごとく微笑を浮かべた。

「あなた、帰ってたのね」

遮るものがなにもない窓からの眺めって最高だな。

購入するとき、正彦は子どものようにはしゃいでいた。

僕は背が低いから。高いところにのぼって下を見るのが、昔から好きなんだ。と、恥ずかしそうに、言っていた。ああ、だからこの人はこんなにも自分を厳しく律して働き続けるのか、とユキノはそのとき思った。この人は、誰からも、見下ろされないようにしているのだ。

しばしば窓辺に立って、ひとり物思いにふける正彦の横顔を見るにつけ、ユキノは胸がきゅうと締めつけられるのを感じた。言うと、憐(あわ)れまれていると思って、彼は怒りだすだろうけれど、それはまぎれもなく、愛(いと)おしい、という感情だった。

正彦は、西日を背にふりかえった。

「きみこそ、はやかったな」

「うん。出征の壮行会がクラス会になっちゃった」

「そうか。……アラタは来たのか」

「来てたと思う」

近づいてきた夫に背を向けて、ユキノはテーブルの上におかれた郵便物を確認する、ふりをする。

「思う？」

「うん。途中で特務から呼び出しがあったみたいで」

「……今さら、なんの仕事があるんだ、特務に」

「わからないけど」

「怪獣が死んだ以上、怪獣退治に特化された特務隊はその存在意義を失う。結果、あの化け物の死体と一緒で大きなお荷物にすぎない」

ムキになったように、声を荒らげる正彦の横顔を、ユキノは冷たく見返した。

「なぜその話を私に？」

正彦は、息をついた。

「……だな。きみには関係のない話だ」

アラタのこと、そして特務隊のこととなると、正彦はらしくなく、感情的になる。

三年前、ユキノとアラタが恋人同士だったことを、正彦はもちろん、よく知っている。当時は全員が、特務隊に所属する仲間だったのだから。

「今日からしばらく、首相官邸に泊まることになる」

「そう。妻としてできることは？」

問いかけたユキノの唇（くちびる）を、正彦は自分の唇でそっとふさぐ。

珍しい、ことだった。近頃では。

「どうしたの？」

小さく笑んだユキノに、けれど、正彦はにこりともせず言った。

「連絡は入れる」

そして、ふりかえりもせず、すでに用意してあったキャリーケースを引いて出て行ってしまう。

ばたん、と扉が閉まる音が、薄暗い部屋に冷たく響く。——ここでもユキノは、置いてきぼりだ。

＊

日本神話でヤマタノオロチを倒したともされる十握剣をシンボルとする、首相直属の戦闘部隊・特務隊。

世間的には、怪獣退治に特化した部隊という印象が強いけれど、その存在が今回、はじめて一般の目に触れたというだけで、創設されたのは十五年前、比丘尼事件と呼ばれる日本中を震撼させた科学テロ事件がきっかけだ。科学および戦闘のエキスパートを結集した特別機関であり、警察や国防軍からも独立した場所で、秘密裏に国防のための任務を担っていた。

だから、どんなに親しい相手にでも、言えないことがとても多い。アラタも自然と口数が少なくなって、曖昧に微笑む癖がついた。

怪獣に破壊された無残な街のなかをオートバイで走り抜けながら、自然と意識は、怪獣が横たわっている方角へと向く。できるだけはやく戻ります、と告げたアラタに、たまにはのんびりしてこいと鷹揚に言ったのは他でもない隊長の敷島なのに、いったいなにが起きたのだろう。

立ち入り禁止区域に近づくにつれて、空気がかたく無機質なものへと変わっていく。しばらく留守にした家がどこか冷たい空気を漂わせるのと同じように、人の出入りが消えた街もまた、人間に対してよそよそしくなる。

――まあ、無理もないか。

境界ゲートに到着したと同時に、頭上で炸裂した火花を、アラタは見上げる。粉々の破片となって散ったドローンは、あれで何台目だろう。ヘルメットのバイザーをあげ、特務隊基地・Zビレッジに続くゲートで、いさましくライフル銃をかまえた隊員に「どうした?」と声をかけた。

「いやー、キリがないっすねー」

同僚の、椚だ。下の名前は山猫、と変わっているが、しなやかに動く細長い手足に、さりげなく気配をひそめて敵を狙う彼女は、まさに獣のようだとアラタは思う。

「この蝿叩きって本当に特務の仕事なんですかね」

「そう言うな。特務隊一のスナイパーが腐る気持ちもわかるけど」

怪獣ならともかく、次から次へと降って湧く、再生回数稼ぎのYouTuberが放つドローン相手では、やる気を出せというほうが酷である。

怪獣が死んで以来、能力をもてあましているのは、椚に限った話ではなかった。

現在、怪獣の死体は利根川（とねがわ）のどまんなかに転がっている。政府はそこから半径十キロ圏内を立ち入り禁止区域に指定し、十五キロ圏内の避難指示区域もふくめ、監視態勢を徹底するよう、特務隊に命じた。

半壊した家屋はそのままに、がらんどうとなった住宅街はまるで廃墟（はいきょ）だ。それでもときどき、YouTuber に限らず、侵入しようとする一般人がいる。きのうの真夜中、見張り番だったアラタたちが駆り出された先にいたのは、日本刀をふりまわす中年の男だった。

「俺は出て行かねえって言ってんだろう！」

水も電気も止まった自宅に帰ろうとする男の錯乱した姿に、アラタは同情した。

怪獣の死体からは人体に影響する物質は現時点で何ひとつ検出されていない、と政府は毎日、くりかえしアピールしている。だったら帰ってもいいじゃないか、近所の川に怪獣が転がっているくらい俺は気にしねえから、と彼のような人が主張するのも無理はない。

あまりに厳重に立ち入りを禁止するから、やっぱりあの光の球は核兵器だったんじゃないか、怪獣は政府が秘密裏に行っていた生体実験のなれのはてなんじゃないか、という陰謀論にも呆れながら、そう言いたくなってしまう気持ちは、やっぱりわかるような気がするのだった。

それほど、彼らは、帰りたいのだ。

半壊の自宅に、ではない。いつもどおりの日常に、だ。

新しい、新しい日常なんて、どうだっていい。

家族と、友達と、あたりまえに笑って酒を飲み、無駄話をしていたあの頃に。会社行きたくねえなあ、とぶつくさ言いながらも毎日、くたくたになるまで働いて、風呂に入ってあたたかい布団で寝ていた、あの日々に。

愚かだ、と斬り捨てる人もいるだろう。

けれどアラタにはできなかった。どうしようもない、二度と時間は巻き戻らないのだとわかっていても、しがみつきたくなってしまう〝帰りたい場所〟は、誰にだってあるはずだから。――もちろん、アラタにも。

アラタの感傷に気づくことなく、椚は銃の手入れをしながら「あ」と声をあげた。

「そういえば、隊長がお呼びですよ」

「ああ、わかってる」

基地の入り口から、指令室のある特設テントまで歩いていこうとすれば、日が沈んでしまう。再びエンジンを吹かせて走り出したアラタはふと、地平線を橙色に染める夕陽を見やって、目を細めた。

すべてが仮設のこの基地は、必要なものは全部そろっているとはいえ、暮らしやすいとはいいがたい。だが、遮るものがなにもないサバンナのようなこの絶景だけは、役得だなと思うのだった。


「まあ現況、我々に任せるということかと思いますけどね」

テントから、副隊長の徳本の声が漏れて聞こえた。

「結局、特務に責任を押しつけたいんだろう」

うんざりしたように答えるのは、隊長の敷島だ。

「その意味では危機管理能力はあいかわらずだと」

「だな」

怒りというよりは諦めの滲んだ二人の会話を耳にしながら、アラタは敷島の背後に寄った。

スクリーンには怪獣の赤外線データ。デスクいっぱいに広げられた、怪獣の死体が横たわっている土地周辺の地図。慌(あわ)ただしくキーボード音を鳴らして、情報の解析を進める隊員たち。のどかなクラス会が夢だったのではないかと疑うほど、ここはいまだ、戦地だった。

「ただ今、戻りました」

テントを出ていく徳本を、横目で見送りながらアラタは敬礼した。

「休暇が長い昼休みくらいになったな」

敷島は、同情するように苦笑する。

「ま、諦めてくれ」

「ですね」

肩を並べて指揮台にのぼり、スクリーンを間近で見据える。

「死体に変わりはありませんか？」

「と、思うが……」

言いかけた敷島を遮るように、隊員のひとりが立ちあがった。

「わずかに体温の上昇が見られますが、おそらく腐敗による発酵が原因かと」

「完全に死にましたね」

原因はともかく。

それが今はいちばん、重要なことだ。

けれど敷島は、物憂げな表情を崩さない。

「なにか気になりますか？」

アラタの背筋が、わずかに伸びる。

「少し、話がしたい」

隊長室に向かう敷島の、背中を「わかりました」の一言で追う。

なんだかいやな予感がする、と思いながらも、それをこらえて従うのが、特務隊の仕事だった。

*

首相官邸の執務室から見下ろす東京は、かつて眠らない街と呼ばれたのが嘘のように静まりかえっている。一部、灯火管制が敷かれているせいで、底の見えない闇が街を横断しているのを見ながら、首相の西大立目完はつぶやいた。

「東京に流れる闇の川か……不思議な光景だな」

「怪獣通過地域の計画停電の解除は、安全宣言のあとになると思います」

雨音正彦が答えると、首相はやや白けたような表情を浮かべた。そういうことを言ってるんじゃないよ、お前はつまんない男だね、と言葉にせずともまなざしが不平を訴えている。

そんなことは雨音もわかっていた。吹いた口笛の音すら闇に吸い込まれてしまいそうですね、なんて言えば喜ぶのかもしれないけれど、あまりに気障（きざ）で、こっぱずかしい。第一、そんなセリフを言うのは、雨音の職務ではない。

スーツの上着を着せようと、首相の背後にまわった雨音は、ほとんど視線を動かさずにデスク上のメモに目を留めた。気づいた首相が、小さく舌打ちをする。

「雨音くん。その情報収集能力は諸刃（もろは）の剣だぞ」

「情報は我が身を守るものだと思います。通常兵器を一切受けつけなかった、あの怪獣の外皮のように」

叱責にも動じない雨音に従うのが癪（しゃく）なのか、首相は一瞬、ふてくされたように腕を組む。だがすぐに、雨音の用意した上着の袖に腕を通し、メモを手にとって雨音に見せつけた。

〈Deus ex machina〉と書かれた文字を。

「デウス・エクス・マキナ。――機械仕掛けの神。解決困難な事態を突然、現れて、解決。物語を終わらせてしまう」

芝居がかった調子で、首相は言う。

雨音も、聞いたことはあった。

それは、古代ギリシャの演劇技法だ。大団円を導き、観客にカタルシスを与えてくれる、神にも近い存在。

だがそれがどうしたのだと、視線で問う雨音に、首相は続ける。

「似てないか」

つかのま、沈黙が流れる。

雨音は、はっと顔をあげた。

「選ばれし者……？」

首相は答えなかった。

だが、沈黙こそが答えともいえた。

――まさか。

ありえない、と雨音は思う。そんなことが、あるわけが。

首相はそれっきり、黙り込んだ。

半歩うしろに下がって、付き従いながら、ドアの前ではまわりこんで開ける。廊下を進み、エレベーターに乗り込むと、ようやく首相は口を開いた。

「まあ、そんな存在がいるとすれば、だ。不可解だよなあ。国防軍の攻撃をものともしなかった怪獣が死ぬなんて」

「怪獣を突然包んだ光の正体はまだ……」

「〝気にしない〟という常套手段もある」

むしろ今のところ、それしか手がないということは、雨音にもよくわかっている。首相がけむに巻くような物言いをするのはいつものことだけれど、今日はことのほか意図をはかりかねた。

デウス・エクス・マキナ。

そんなものが本当に存在すると信じているのか。それを伝えて雨音に、何をさせようとしているのか。

「怪獣に生体反応は？」

「現況、ありません」

そうか、とうなずく首相の瞳に安堵が浮かぶ。

理由もなく、突然訪れた幸いは、人を疑心暗鬼にさせる。それは首相も、雨音も、例外ではない。

「……あのさ、朝、玄関開けてなんの動物が死んでたらイヤかな」

唐突な質問に、雨音は言葉を詰まらせた。

情報ならいくらでも脳内の引き出しからとりだせるが、そういう雑談が、雨音は苦手だ。エレベーターが到着する音が響き、焦った雨音は「ネコとか」とひどく陳腐な答えしか返せない。

「いやあ、サルとかラクダとかのほうがイヤじゃないか？」

そんな動物、玄関前で死ぬか？

内心でつっこむも、「今はもっとやなもんが死んでるけど」という首相の切り返しに、たしかに、とうなずく。サルやラクダのほうがまだ現実味があったかもしれない。けれどそんな日常にはもう、雨音たちは、戻れない。


災害対策本部には、すでに閣僚のほとんどが集まっていた。全員、同じ水色のジャンパーを羽織っている。雨音は、ほかの秘書官と同様に、本部の様子をモニターに映しだした別室に控え、気配を潜めた。

妻であるユキノの姿もあったが、互いに視線をかわすことはない。結婚したばかりのころ、ともに特務隊を抜けて秘書官という立場を得たときは、職場で顔をあわせるたびにこっそりはにかんだものだった。

今や、そんな甘やかな空気はかけらも存在しない。結婚して二年足らず、ギリギリ、新婚の範疇(はんちゅう)に入りそうな時期なのに。

原因はわかっていた。――一年前、あいつが帰ってきたからだ。

「みなさん、そのワザとらしいジャンパー脱いだ方がいいんじゃない？」

首相が言うと一斉に、やっぱりワザとらしい笑い声があがった。

「いやあ、仕事ですからねえ」

「あなたサイズがちょっと小さいんじゃないの？」

「いやいや、案外お似合いですよ」

手を叩いてはしゃぐ彼らに、妙に白けたまなざしで首相は冷たく言い放つ。

「よけいなことはいいんですよ」

とたんに静まりかえり、首相が着座するのにならって、全員やれやれと腰をおろした。茶番だ、と雨音は思う。でもこの茶番に全力で乗っかる以外、今の自分たちにできることはないのだということも、わかっている。

「特務隊からの報告によれば、やはりあの怪獣、死んでますな」

そりゃそうだろう、という空気が一気に、場を包み込む。

「死んでるのはいいけど……どうするんだよ、あんなもん」

スクリーンに映し出された赤外線データを見ながら、いちばん年長の財務大臣が声を荒らげた。

そう。

怪獣が死んでいることくらい、わかっている。問題は。

「誰があとしまつをするのかなあ?」

ややおちゃらけた口調で首相が言うと、全員の視線が一斉に彼に集中した。

絶対に、首相が到着する前に示し合わせていたな、と雨音は小さな息を吐く。

「えー。やめましょうよう、そういうのー」

首相が声をあげると、気まずそうに大臣たちはそれぞれ目をそらした。

沈黙で膠着(こうちゃく)するより前に、やっぱり財務大臣が、声を荒らげる。

「死体は! どうなってるんだっけ、いま」

「一級河川上に横たわってる」

「一級河川なら国交省だぜ」

「あーそうか。確かにそうだ」

「じゃあ決まりですな」

「あなたんとこの管轄なんだから、責任持たないと」

「いやいや笑ってる場合じゃないでしょう」

無責任に飛ぶ意見に、国交大臣がははっと笑った。

「違うでしょう。放射能が検出されない限り、地方自治体が一般廃棄物として処理するのが原則です」

「怪獣の死体は可燃ゴミってわけか……」

「通常兵器がダメだったんだから、燃えないゴミなんじゃないの」

「お言葉ですが、生ゴミかと……」

「じゃったら厚労省じゃないか」

「あっ、いっそ文科省が国立博物館で標本保存したら？」

「あ、いや、え？　入りませんよ。ねえ、皆さん」

「出た、トンボ」

「文科大臣、困るとトンボ顔になるのよ」

「それはシオカラトンボですかね」

「シオカラとか種類はどうでもいいのよ」

「でもオニヤンマではないよね」

脱線しかしないどころか、トンボの顔まねをしながら囃したてる声まで入りまじりだし、雨音は再び、息を吐いた。

いつも、こうだ。

一分一秒も惜しんで公務に励んでいるはずの閣僚たちが、勢ぞろいしてやることは、責任を押しつけあい、肚をさぐりあい、雑談を重ねるばかり。落としどころはだいたい最初から決まっているのだから、一足飛びに決めてしまえばいいのに、〝話し合った〟という体裁が必要なのか、様式美のように無駄に時間を浪費していく。

「いろんなこと言わないで。まあ……国防大臣さあ……」

と首相が口を挟んだところで、いつものように彼に一任することが決まった。

しかたないなあ、と引き受ける国防大臣は、どこか嬉しそうである。首相の懐刀は自分なのだという自負が、彼にはある。そこを首相に利用されているともいえるのだけど。

「焼却部隊の予算！」

よこせ、とばかりに手をのばした国防大臣に、財務大臣は乗っからなかった。

「やだ」

「原則保存じゃないの？　人類の共通資産を焼却したら、炎上でこの政権、倒れるわよ」

いちばん議論を茶化しがちな環境大臣が、いちばんまっとうなことを言って、場が一気に引き締まる。

「まずは、安全宣言とか」

厚労大臣の建設的な発言に、首相の顔がはじめて明るくなった。

「そう、それ！　細菌やら放射能やらが出ないことを願うよ」

「その点、現在、調査中です」と環境大臣が立ちあがる。

「とりいそぎ、私はZビレッジのほうに」

そそくさと本部を出ていくのは、果たして任務のためか、それとも時間ばかり食う会議からの一抜けか。

ユキノもひっそりと部屋を出ていくのを見送りながら、雨音はその横顔の向こうに、彼女の恋人だった男の面影を思い浮かべた。

首相と国防大臣はきっと、すべてを特務隊に押しつけるつもりだろう。

怪獣が死んでいる以上、国防軍の出番はない。ゴミ処理こそ特務隊最後の仕事にふさわしい、と彼らは思っているはずだ。そして首相直轄の特務隊に、拒否権はない。であれば、現場の担当者にはあの男を据えてやるのがよかろうと、雨音は口の端を歪めた。

＊

環境大臣とともにユキノがZビレッジに到着すると、隊長の敷島をはじめ、特務隊の面々が勢ぞろいして出迎えた。決して、歓迎しているとはいいがたい様子で。

「しかし環境大臣、安全が確認される前に死体のところに行くのは」

「だからこそ行くんじゃない。すべては初動のスピードにかかってる。必要なのは誰よりも早く行ったという事実」

ふざけてばかりいるように見える彼女が、実は誰よりも強い野心のかたまりだということをユキノはよく知っている。そうでなければ男だらけの閣僚のなか、渡り歩いてはいけない。ヘリコプターが待機しているためか轟音が響き渡るなか、屈強な男たちに囲まれても大臣は毅然と声を張りあげ、背筋はピンと伸びたままである。そんな彼女の働きざまを、ユキノは尊敬していた。彼女はふざけた顔をしているときだって、胸の内に刃を隠しもち、決して隙を見せたりしない。

自分もそうありたい、と常に気を引き締めているユキノだが、砂埃でかすむ視界のむこう、現れた影には思わず目を見開いた。

「こちら、今回の現場責任者の一等特尉、帯刀アラタです」

クラス会のあと、ユキノのメールに返事もよこさない男が、凜々しく敬礼をする。

「彼女は雨音ユキノ。怪獣の件では、私のトップブレーンよ」

誇らしげに紹介する環境大臣に、動揺を気取られてはならないと、いつも以上に毅然とした姿勢でユキノは一歩進み出た。

「私、環境大臣秘書官をしております。今回の怪獣の件ではぜひご協力をお願いしたいと思っており……」

アラタは微笑んで、手を差し伸べた。

「お久しぶりです」

――なによ。

余裕綽々というその顔が憎らしかった。

「……お久しぶりです」

ポーカーフェイスに戻して、その手を握る。

こんなふうに触れるのは、いつぶりだろう。ユキノが来ることは知っていたのだろうか。聞きたいことはたくさんあるけど、もちろん、聞けない。

「あら、お知り合い？」

環境大臣の、にこやかだけど鋭いまなざしに気づいてユキノは、曖昧に微笑んだ。この仕事をはじめてから、ごまかし方ばかりが、上手になる。……たぶん、ごまかしきれてはいないだろうけれど。

それ以上、大臣は何も聞いてこなかった。

それよりも、仕事だ。今日の目的は、怪獣の視察。

早々にヘリコプターに乗り込み、アラタの操縦で目的の河川敷へと向かう。

怪獣からは、放射性物質も有害な病原体なども検出されていない。上空から観測するだけならばなんの問題もない、はずなのだけど、現場に走る緊張感はただ事ではない。

でもだからこそ、大臣の迅速な動きには意味があるのだった。

彼女の念頭にあるのは、怪獣のあとしまつなんかじゃない。あとしまつを終えたさらに先の未来で、政治の中心を担う自分の姿だ。

「大臣、まもなく怪獣の死体ポイントです」

アラタの言葉に、ユキノも身を乗り出して窓の外を見下ろす。

河川敷には、小さな戸建てなら収まりそうなほど大きな穴が開いていた。

足跡だ、とすぐに気づく。歩幅が大きいせいで距離はあるが、その跡は川に向かっていくつも点々と続いている。周辺に無作為に流れる太くて長いローラーでつけたような跡は、おそらく怪獣がしっぽをひきずったせいでできたものだろう。その痕跡が途切れた延長線上に視線をたどらせると、巨大な生き物が横転しているのが目に入る。

「大きい……」

徒歩五分だとか、牛久大仏だとか、そんなたとえが吹き飛んでしまうほどに、怪獣はただただ、ひたすらに大きかった。上空から距離があって、なお。

ユキノは、死体をまじまじと観察する。

鱗（うろこ）、という言い方で正しいのだろうか。それに覆われたでこぼこした外皮に、足の先から伸びる鋭い爪。開かれた口から覗きみえる牙と、悶絶（もんぜつ）の証拠である伸びきった舌。むき出しになった白目を見れば絶命していることは明らかなのに、今にも起き上がってとびかかってくるんじゃないかと身構えてしまうほど、威圧感がある。

ユキノは、静かに震えた。

けれどその震えは、単なる恐怖、などではない。

ヘリコプターは徐々に高度を下げ、やがて、窓をあければ触れられるのではないかという距離まで、怪獣に近づいていく。

胸元をえぐったような傷跡の生々しさに目をそむけたくなるけれど、ユキノは、ほんのわずかな特徴も見逃すまいとするように目を見開いた。

「し、死んでる……」

胸に手をあてて、大臣がわなないた。

きっと彼女も、同じ感情を共有しているに違いない、とユキノは思う。

——これは、畏怖だ。

今すぐ逃げ出してしまいたい、叫び出しそうになる恐怖。とともに、絶対に敵いようがない、圧倒的な存在に対して湧きおこる、畏敬の念。

ユキノは、操縦席のアラタをうかがった。ヘルメットをしているせいで、表情はまるで見えない。

けれど彼は、特務隊の彼らは、この怪獣に真正面から立ち向かったのだ、と思うだけで、さらに震えてしまうのだった。

「怪獣を見世物にしない手はない、ってことで落ちついたわよ」

首相官邸で怪獣の視察の報告を終えた環境大臣は、車に乗り込むなり、そう言った。

「ま、復興にはお金がかかるしね」

怪獣退治にはすでに巨額の予算が費やされ、戦地に駆り出された若い命も想定以上に散っている。いたしかたなかったこと、とはいえ、政府にとっての汚点であることには変わりがない。

巻き返すには、怪獣を復興の象徴にまつりあげるしかなかった。国内外から観光客を集めて、収益化する。できることなら死体の近くにテーマパークをつくって、子どもたちを無料招待するなどして、イベントを催す。まさに、パンとサーカスである。財源の確保だけでなく、死体をエンターテインメントに変えることで、政府への不満もおさえこむ目的だ。

だがそのためには、怪獣の死体が人類に危害を及ぼすものではないと言うに足る保証が必要だった。すでに、怪獣の死体付近でとれたビワの種が怪獣の形をしていた、なんて風評がまことしやかに流れているのだ。ばかばかしい、と思うが、一笑に付すことはできない。とうていありえない噂が事実として定着して人心を乱していくのが非常時である。大臣が急ぐのも、無理ないことだった。

「厚労省でもなく、文科省でもなく、安全宣言は環境省で出すわ」

「でも、細菌や放射能の有無、その他の精査は厚労省のほうで……」

「特務が採取した怪獣の体液及び表皮サンプルは厚労省の研究施設にある……ブラフってことは？」

「特務隊長の敷島さんは本当のことを言っていると思います」

「あなた、特務隊にいたことがあるのよね。特務隊の彼から検査結果は聞きだせないの？」

誰のことを言っているかは、聞かずともわかった。

言葉に詰まったユキノに、大臣はにやりと笑う。

「人妻としては、元カレに借りを作りたくない？」

「それは……」

「情報の価値は鮮度に比例する。クレバーなあなたならわかるわよね」

ユキノはうなずいた。

感傷と職務。どちらを優先すべきなのかも。

ユキノは、窓の外に目をやった。

神輿(みこし)に担がれ派手な着物を身にまとった女が目を爛々(らんらん)とさせて声を張りあげる。

「――みなさん、怪獣は死んだのです。人間にもいよいよ審判の時がやってきています」

奇妙な面をつけ拡声器をもって同調の声をあげる宗教団体の信者たちは、その言葉を本気で信じているように見えた。

審判。

確かにそうかもしれない、とユキノは思う。

いまだ仮設住宅にも入れず、避難所暮らしが続いている国民もたくさんいるというのに、政府の対策はどこか呑気だ。そもそも観光収入なんて案が出てきたのは、財務大臣が復興予算を出し渋っていたせいだろう。怪獣退治にいくら使ったと思っている、と言った彼に対して、それを言うのは別れた彼女に使った金額をセックスの回数で割るようなもんだよ、と国防大臣が切り返したと環境大臣は笑って教えてくれたが、過去と未来を同列に語るなんてナンセンスが過ぎる。まあ、国防大臣のそのたとえも、ちょっと引っかかるものはあるけれど。

国防大臣は国防大臣で、面倒な処理はすべて特務隊に押しつけようとするばかり。それでいて、手柄を立てられそうになればすべてをかっさらうのだろう。この期に及んで、誰もかれも、自分のことしか考えていないのだ。そんな絶望的な状況は確かに人類の終末と呼ぶにふさわしいかもしれない。

——でも、それはたぶん、私も同じ。

だってこんな状況なのに、ユキノの心はかすかに弾んでいる。

アラタとの接点が生まれたことを、喜んでいる。

左手の薬指に光る結婚指輪に、視線を落とす。

人妻なのに、そのうしろめたさがないことが、いちばんうしろめたかった。

*

環境大臣とユキノが帰ると、アラタは敷島と椚とともにモーター付きのボートに乗り込み、怪獣の死体へと接近した。ヘリコプターからはわからなかったが、近づいてみると大量の霧が発生している。腐敗していく死体が熱をもつため、空気との温度差で水蒸気が発生しているらしい、と敷島が言った。

「死んでますね」

アラタは言った。

もっとほかに言うべきことがあるはずなのに、その他には、でかい、という以外なにも言葉が出てこない。人は、圧倒的な存在を前にすると、語彙力を失ってしまうら

しい。けれど、

「予想以上……家具屋で見た家具を家に入れてみると意外とでかい、みたいな」

という敷島の感想だけは、ちがうだろう、と思ったので無視することにする。

この人はときどき、こういうとんちんかんなことを言う。

んんん、と咳払い（せきばらい）して敷島は表情を引き締めた。

「それにしても、まだ熱がすごいな」

「個体の持っていたエネルギーがすごいってことですかね」

投げ出された足と手で湾のようになっているところへ、ボートは入り込む。操縦していた椚が何かに気づいたようにモーターを止め、指をさした。

「あそこ、見てください」

死体の下部が、腫（は）れたように赤く丸くふくらんでいる。

「腐敗による隆起だ」

敷島が言った。

「打ち上げられたクジラの死体が膨張するのと一緒ですね」

納得するアラタの隣で、敷島は渋い顔をしている。

「想定以上に早い」

「覆(くつがえ)ったものが想定です。覆らなかったものは事実」

「何が言いたい」

「問題はどうやって片づけるかですかね……」

解体して生ゴミの日にでも出すか、いっそ火柱を立てて燃やし尽くすかしてしまいたいが、そう簡単にはいかないから、こうしてボートに揺られるはめになっている。

――勘弁してほしいよ、ほんと。

しかもアラタは現場の責任者である。いちばん、割を食う立場だ。

唐突に指名されたことに驚きはしたが、考えてみればとくに意外でもなかった。

「お前の優秀さは中央でも掌握してるってことじゃないか?」

と敷島は言っていたが、それは限りなく善意で物事をとらえた場合の意見だ。

国は、すべての責任を特務隊に負わせて、怪獣の死体ごと闇に葬(ほうむ)り去るつもりなのだろう。その指揮を執(と)るのにアラタはうってつけだ。なにせ、一度は消えた人間なのだから。

その瞬間。

外皮がめくれて真っ赤になった隆起部分を、アラタはおそるおそる棒でつついた。

隆起は弾け、鮮血が大量に噴き出したかと思うと、アラタたちの頭上に滝のように流れ落ちた。

「ぐわあ！」

ついでにガスも発生し、あたりが黄砂のような煙に包まれる。ひどい臭いが充満し、息苦しくなってアラタは激しく咳き込む。

「臭いなあ。うわわ、うわ……激やばっすね、これ。なんの臭いっすか」

いつも冷静な椚も、さすがに慌てている。

血、というよりは粘液に近い。体液もまた、腐りはじめているのだろう。

とっさに、川の水に手を伸ばして目のまわりを洗う。何度か瞬きをくりかえし、とくに視力に異常は感じられないのを確認してほっとしたが、どんな影響が出るかもわからない。耳や鼻といった、体内につながる穴にかかった粘液を、とくに念入りに洗い流す。けれど、ガスだけはどうにもならなかった。酸素が薄くなった息苦しさにくわえて、とにかく、臭い。手で口と鼻を覆い、できるだけ目を細めて、椚にボートを発進させるように告げる。

――ああ、もう。やっぱり、いやな予感しかしない。

生きていようが死んでいようが、怪獣が厄介で危険な邪魔者であることには変わりがなかった。

＊

なぜそんなにも特務隊をきらうのか。

あるとき、首相は国防大臣にそう聞いた。怪獣を倒せなかったという点においては、国防軍だって同じなのに、と。

国防大臣は答えた。

「ブロッコリーは好きだがカリフラワーは嫌いって感じ、わかるか」

首相はなに言ってんだという顔をしていたけれど、雨音にはちょっとわかる気がした。似通ったところが一つもない、まるで理解不能な存在ならば、いっそのこと放置できる。たとえば怪獣なんて、害を与えてくるからしかたなく応戦するしかなかっただけで、存在しているだけなら好きも嫌いもない。へえ、大きいですね。雨風しのぐのに不便じゃないんですか？　なんて軽口だって、叩(たた)けるだろう。

だけどちょっとでも、好きになれるかもしれない、という要素を残した相手は別だ。わかりあえないことが決定的になったとき、無関心ではいられない。嫌いを通り越して憎しみすら湧いてしまう。

首相は、雨音にも聞いた。

「君は、特務の味方？　それとも？」

雨音がかつて特務隊にいたことを知っているから。

答えなかった。

雨音にも、よくわからなかったからだ。

少なくとも味方ではない、と思う。でも、敵だろうか？　かつて後輩だった帯刀アラタを現場責任者に指名したのは、雨音だ。でもそれは彼を憎んでいるから、とも言い切れない。憎しみは、一周まわって愛情に変わりうる感情だ。それほどの執着が果たして雨音にあるだろうか。アラタにも、そして――ユキノにも。

夜の厚労省研究室は静まり返っていた。

備品室でひとり考え事をしていると、約束の時間ぴったりに静野密（しずのひそか）が入ってくる。資料棚の周辺をうろうろしながら雨音の姿を探す彼女のうしろに、物音ひとつ立てず雨音はまわりこんだ。

「誰かに見られてないな」

びくっと体を震わせながらも、叫び出したりしないのはさすが、特務隊にいただけのことはあった。今は研究所の制服に身を包んでいる彼女もまた、雨音のかつての後輩だった。

「大丈夫です。これ……」

静野は、資料を雨音に差し出す。

みると、顕微鏡検査で映し出された画像がプリントされている。

「……これは？」

「未確認の菌糸らしきものです」

「菌糸？　カビの一種……？」

「おそらく。ただ、なにかはわからないままです」

「危険性は」

「今のところは問題のあるデータは出てきてません」

菌糸の画像をじっと見つめる。

たしかに、見たことのない姿かたちだった。

「ユキノにこのことは？」

今日の昼間、ユキノは静野のもとを訪れたらしい。

環境大臣の差し向けそうなことだ、と雨音は思う。おそらく、誰よりも先んじて安全宣言を発出できる根拠を見つけようとしたのだろう。そして可能ならば、環境大臣みずから国民の前で安全を保証することによって、支持率アップも狙う。妥当な判断だ。雨音が彼女の立場でも、同じことをする。

ただ、大臣にとってもユキノにとっても誤算だったのは、静野はとっくの昔に雨音の手の内にあり、時世を揺るがしかねない情報はすべて、まずは雨音に提出するよう、言い含めてあることだ。

ユキノは、李香蘭(りこうらん)の焼き肉をおごるかわりに、データを秘密裏に流してほしいと静野に頼んだらしい。七万円の出費は、無駄に終わる。静野は答えた。

「環境省のほうに渡した資料の画像はすり替えてあります。安全宣言を出すうえで問題はないかと」

そうか、と答えるかわりに雨音は静野を引き寄せ、唇を重ねた。

静野の、クールな表情が一転して、ゆるむ。雨音の後頭部に腕をまわして、強く抱きしめてきた彼女は、積極的にむさぼるように雨音を求めた。

彼女は、ユキノをユッキ先輩と呼んで、慕(した)っていたはずなのに。

それとこれとは別なのか、それとも背徳感がよけいに燃え上がらせるのか。ユキノとは長いことしていない、濃厚なキスをかわしながら、自分はどうなのだろうと、雨音は自問する。

ユキノに対する罪悪感は、正直なところ、微塵もない。

でもそれが、彼女のことをもう愛していないからなのか、あるいは憎んでいるからなのか、それすら、よくわからなかった。無関心、といいきれるほど、心は凍てついていないつもりだけれど。

ただ、七万も支払う覚悟で臨んだ彼女を、キスひとつで出し抜いたのは、申し訳ないな、と思う。ひとり五万くらいするコース料理でもご馳走しようか、それともアクセサリーでも贈ろうか。

そんなことを考えながら、雨音は静野と強く、深く、絡みあう。

少なくともこの女を、愛しているわけじゃない、と冷徹に、思いながら。

*

「みなさん、この眺めはすごいです！」

マイクを片手に声を張りあげる環境大臣は、怪獣の死体の上に仁王立ちしていた。マスコミが一斉に、大臣にカメラを向けている。この映像は首相会見の会場にもつながっていて、全国民が大臣の一挙手一投足に注目していた。

あらゆる科学的調査により、怪獣の死体が人類に悪影響をもたらすものは、何もないと証明されたのだと、大臣はカメラに向かって力説する。その証拠を示すために、私がみずから身体を張ってみせます、と。

「私、蓮佛はこの怪獣の死体を最新の技術で保存し、世界中の子どもたちに見せてあげたい！」

ついこのあいだは顔をしかめていたはずの怪獣の傷跡の真横に、興奮した表情で立って熱弁をふるう彼女をまのあたりにして、アラタは、そのたくましさに思わず拍手を送りそうになった。

ところが。

「今、ここに私は政府を代表して、安全宣言を高らかに……」

演説が最高潮に達したところで、彼女は足をすべらせた。

「ああっ!!」

そしてそのまま、傷跡に頭から突っ込んでしまったのである。

弾力のある肉に突き刺さった彼女は、自力で抜け出すことができず、スカートがめくれ、ストッキングとパンツ姿の下半身がむきだしになった。当然、カメラは一斉に、その姿をズームアップした。

かくして怪獣に突き刺さった大臣の映像は全国放送で流れ、その後しばらくネット上を駆け巡ることとなった。おもしろおかしくコラージュされ、スタンプのように乱用されているのを柵から見せられたときは、さすがに深く同情した。

アラタたちが浴びたあのガスほどではないだろうが、腐敗し始めている肉に頭から突っ込んだ彼女は、相当にくさい思いをしただろう。数日経った今も、髪の毛に臭いがこびりついているような気がして、ときどきえずいてしまうくらいだ。同じ苦しみを彼女も背負ったのだと思うと、妙に親近感も湧いた。

しかし。

とにもかくにも、安全宣言は成った。

そのとたん、

「そもそもあの怪獣は、我が国土の大陸棚(たいりくだな)で発生したもので、死体の所有権は我が国にある」

と隣国が返還を求めてきたせいで、政府は大わらわである。

環境大臣に付き従うユキノも、ずいぶんと疲れているようだった。

もちろん、いつだってアイロンのかかったスーツを身にまとい、メイクもヘアスタイルも完璧に整っていて、どんなに忙しくしていても、彼女の美しさは微塵も損なわれることがない。

けれど時折、しぱしぱと激しく瞬きをくりかえす。それは寝不足のとき、考え事で頭がいっぱいになっているときの、彼女の癖だった。

あいかわらず、誰にも弱みを見せようとしないんだな、とアラタはひそかに微笑んだ。彼女の、そういう意地っ張りなところが、アラタはとても、好きだった。

「そういえば、あれ、誰が決めたんですか」

彼女の張り詰めた緊張感をすこしほぐしてやろうと、あるとき、珍しくアラタはユキノに雑談をもちかけた。

「あれ？」

「名前。怪獣の」

「ああ……あれ」

ユキノは肩をすくめた。

人は、名前を呼ぶことによって、相手に親近感を抱く。

これまでは、日常を脅(おびや)かす異物であり、倒すべき対象であった怪獣に、政府は観光資源化する一歩として、名前をつけることに決めたのだ。

「いちおう、国立国語学研究所の金田一(かねだはじめ)先生をお招きして、真剣に話し合ったのよ」

ばかみたいよね、と言外に滲ませて、ユキノは苦笑した。

よかった、とアラタは思った。すぐに大臣が呼びに来て、ユキノは慌ただしくZビレッジを出ていってしまったけれど、ほんのわずかな会話でも、苦笑いでも、彼女を笑わせることができてよかった、と。

ちなみに、政府が発表した怪獣の名は、〈希望〉。

よりにもよって、の名づけには案の定、非難が集中した。

それに対する官房長官の答えは、

「怪獣にふさわしいとかふさわしくないとかが問題ではありません。この人類の生物学史上最大の標本の名前こそ、破壊された国土の中に芽生えた希望だということです」

ものはいいようである。

だがきっと、反発のなかにもそれは自然と定着していくのだろう。新しい、新しい日常と同じように。

こんなふうに、アラタとユキノが、何事もなく言葉をかわせる日が、いつのまにかやってきたように。

できればこの間の抜けた日々が、長く続いてほしいとアラタは思った。

奇跡的に、死体を標本化する方法が見つかって、政府の思惑どおり世界中の子どもたちが楽しく安全に死体のまわりでお祭り騒ぎできる日がくればいい、と心の底から思った。あの苦労はなんだったんだよ、俺たちが命をかけたこともみんな忘れやがってふざけんじゃねえよ、と文句を言えるようにもなりたかった。

そんなことはありえない、とわかっているから。

「……くっせ」

髪の毛に染みついた臭いは、アラタの焦燥感を日々、煽り続けていた。

研究チームからも、いやな報告があがってきた。

怪獣の体内に腐敗ガスが発生し、筋膜の中に溜まっているというのだ。死体をついて噴出したあれが、この臭いの元凶だったものが、怪獣の死体にはいまだ存在している。腐敗隆起と暫定的に呼ぶことにしたそれは、しかも日に日に、膨張していく。放置しておけばいずれ、巨大な爆発を起こすだろう。爆発すればどれほどの被害がもたらされるか、見当もつかない。あの粘液とガスが撒き散らされるのを想像しただけで、めまいがした。

そのせい、だろうか。

唐突に国防軍から、特殊部隊が派遣されてきた。

「国防軍、怪獣処理部隊の真砂です。用件は手短に」

おかっぱ頭の司令官は、あきらかにアラタたち特務隊を、蔑んでいた。

怪獣が生きていたころ、攻撃の先頭に立って指揮を執っていたことから、怪獣のスペシャリストを自負しているらしいが、いきなり仕事をとりあげられてはかなわない。アラタたちだって、プライドをもって、どうにか怪獣の死体を始末しようと奔走しているのだ。不愉快を隠そうとしない敷島が、真砂に詰め寄った。

「なぜ、あなた方は我々特務を作戦から外すんですか？」

「ご存じない？　私は怪獣処理の専門家よ」

傲岸不遜、という形容がよく似合う女だとアラタは思った。

「今回の冷却作戦を政府も承認してる」

と、真砂を庇うように、迷彩服の男は言った。

「液化炭酸ガスが、確実にあいつの体を凍らせる。一点を除けば完璧よ」

「一点……それは？」

「少々ロマンチックすぎること。白い煙が勝利を演出する……フローズンウィッチーズ」

「凍らせる？」

最悪だ、とアラタが思うのと同時に、口が動いていた。

「冷凍ミカンが溶けるとぐずぐずになるのを知ってるでしょう」

「そこよ！　私はね、冷凍ミカンは食べないの」

「聞いてないですよ、そんな話」

「専門家の意見も聞いたうえでの判断だ」

女王を守る騎士（ナイト）よろしく、迷彩服の男が割り込んでくる。

敷島は声を荒らげた。

「もう春ですよ。朝日が昇ればすぐに溶ける」

「最悪のシナリオってやつは自分の不完全さの言い訳にすぎない。とにかく、裁量権は我々にあるの」

話は終わり、と言わんばかりに背を向けた真砂に、アラタは半笑いを浮かべる。

「〈希望〉上陸の際に独断でミサイル攻撃を行って、結果、民間の建物を焼失させたのも、裁量権とやらですか？」

実際、あれは、ひどかった。

国防軍が、政府が、いちばん隠匿（いんとく）しておきたい失態だ。

「我々も〈希望〉の死体を保存したい」

さすがに安い挑発には乗らず、迷彩服の男がきびきびと答えた。

「その気持ちは君たちと共有している。いや、しよう」

連帯を強要するように肩をがっちり抱いてきた男の腕を、アラタは鼻で笑って、勢いよく振り払った。

「善意って厄介ですよね。悪意のほうがよっぽどたちがいい」

「お前！」

今度こそ挑発に乗り、青筋をたてて殴りかかってきた男を、アラタは膝をまげて沈みこむことでかわす。その勢いで、逆に顔に一発くらわせてやると、少しだけ気が晴れた。敷島に迷惑をかける、子どもじみたふるまいだと自覚していたが、我慢できなかった。

けれど立ちあがり、国防軍の隊員全員がアラタに銃口を向けているのに気づいて、さすがに冷静になる。

ふたたびアラタの真正面に立った真砂は、言葉もなくただアラタをじっと見下ろした。従わないなら、ここで処刑したってかまわない。非常時にはどうとでも言い訳はたつ。視線一つでそれを思い知らせる彼女は、たしかに、怪獣攻撃の前線に立ち、死線を潜（くぐ）り抜けてきた猛者（もさ）なのだろう。

――冗談の通じねえやつら。

これが俺の、新しい、新しい日常か。

アラタは皮肉げに口の端を歪めた。


冷凍タンク車が怪獣――〈希望〉に向かって次々と発進していくのを見送りながら、アラタはむなしさを押し殺していた。彼らは、忘れてしまったのだろうか。どんな銃撃も、兵器も、〈希望〉の外皮を貫くどころか、傷ひとつつけられなかったことを。どんな高温にも、低温にも、〈希望〉はびくともしなかったことを。

「このまま一気に冷却して、怪獣の細胞内部まで凍結させる！」

真砂の指示を遠くに聞きながら、アラタはこの作戦が失敗することを予見していた。願っている、わけじゃない。うまくいくものなら、いってほしい。けれどどう考えたって、太陽が昇りきったあとも冷凍させておくなんてできるわけがないし、夜明けまでのわずかな時間、氷漬けにしてみたところで、怪獣の体内でたぎり続ける熱がおさまってくれるとも思えなかった。

案の定、朝日が姿を現すにしたがって、〈希望〉の表面温度は上昇し、外皮を覆っていた氷はするすると溶け始めた。

溶けた氷はどしゃぶりの雨になって、怪獣のまわりに足場を組んで様子を見守っていた、アラタたちの頭上に降り注ぐ。

「隆起の内圧が、激しく膨張しています！」

焦りを隠しきれない隊員の報告に、アラタはできるだけ冷静になろうと深く呼吸をくりかえす。そして、首相官邸に繋がる無線に呼びかける。

「報告します。隆起の内圧は五百キロパスカルです。至急、隆起に穿孔する許可を！」

ガスと粘液を浴びる覚悟で、穴を開けるしか解決策は見当たらなかった。

だが返ってきたのは明確な指示ではなく、緊張感に欠けたざわめきだった。

「総理。穴、穴、穴です！」

「何かの罰ゲームなのか、これは？」

「どうします？　隆起に穴を開けてベントしないと、隆起が爆裂します」

「穴？　だったらうちの小型ミサイルでドーンと！」

「いや、そんなんで大穴なんか開けたら、資産価値が下がる」

「穴一つでインバウンド収入が減って、何千億円って穴が開く」

「穴は最終的な手段で！」

好き勝手に閣僚たちがわめくのを聞きながら、アラタは舌打ちしそうになるのを懸命にこらえる。

なにがインバウンド収入だ、資産価値だ。爆発でまた人が死んだら、死ななくても被害が及んだら、元も子もないじゃないか！

「他に方法はありません。現場判断でやらせてもらいます」

「勝手なことをすると特務隊が消失するぞ！」

脅しが飛んで、聞き覚えのある声がなだめるように続く。

「こちらでも、至急対策案を策定中だ」

誰だったかを思い出す余裕もなく、アラタは「それでは間に合わない！」と絶叫した。けれど声の主は、聞く耳を持たず、一方的に言い放つ。

「十分以内に判断して連絡する」

「いやしかし……！」

通話が、遮断される。

「くそっ！」

アラタが拳で己の太ももを殴りつけたそのとき、地面がかすかに、不穏に揺れた。

はっと顔をあげると、空に白煙が立ち上っているのが見える。

そして。

放屁するような音とともに、爆発が起きた。

限界まで膨らんでいた腐敗隆起が、破裂したのだ。

粘液が飛散しなかったのはまだ、幸いだったかもしれない。とはいえ、爆発による強大なつむじ風で、国防軍のテントにはガスが塊となって押し寄せ、阿鼻叫喚の騒ぎとなった。

「これはくさい……!」

「退避! 退避ー!!」

緊急サイレンが鳴り響き、国防軍も特務隊も入り乱れて口を押さえながら我先にと逃げ出していく。何度吸っても慣れる臭いではないけれど、口と鼻を手で押さえながら、アラタに激しい嫌悪感をもたらしていたのは、ガスではなく、パニックを起こしながら右往左往している真砂たちの姿だった。

——だから言ったじゃないか。

混乱で怪我人が発生しないよう、退避経路へ誘導しながら、アラタはむしゃくしゃするのを止められない。

*

凍結作戦の華々しい成功を、テレビカメラにおさめて喧伝しようとしていた国防大臣の魂胆は、裏目に出た。

隆起爆発の一部始終が全国放送で流れ、当然のことながら非難殺到。環境大臣とともにユキノが首相官邸に到着したときには、国防大臣は責め立てる記者の波に呑みこまれていた。

けれど、動じた様子を見せないのは、さすが内閣一のたぬきと呼ばれるだけのことはある。

「液化炭酸ガスの散布が、腐敗をひどくしたんでしょうか？」

という記者の問いに、

「いいか君たち、悲しくて泣いて出た涙も鼻毛を抜いて出た涙も、区別がつかないだろう」

なんて、よくわからないことを言っている、その顔はまさしくたぬきそっくりだと、ユキノは思った。

それは何かの暗喩なのかそれともふざけているのかと、記者たちはさらに強くマイクを突きつけた。それでものらりくらりとかわし続けるだけの国防大臣に、今日はもう無理だと諦めたのか、今度は到着したばかりの環境大臣に、つまりユキノにも向かって記者たちは押し寄せてくる。

こうやっていつカメラに抜かれるかわからないから、どんなに疲れていてもユキノは、身だしなみに手を抜けないのだ。今日だって二時間しか寝ていないのに、みてよクマひとつ見せない完璧なメイク、この完璧なたたずまい！　と自分で自分を褒めてあげたくなる。記者たちも、国民も、みすぼらしい格好をすればここぞとばかりに叩くくせに、きれいにしていても誰も褒めてくれないのだから。

「環境大臣、〈希望〉の死体の腐敗隆起が爆発したんですよね？」

「今は確認中です」

「避難指示区域を半径十五キロに拡大するのは？」

「死体から猛烈な臭いが発生しているからです」

「どんな臭いなんですか？」

「ウンコかゲロのような臭いだと聞いております」

「大臣、ウンコかゲロなんですか？　ゲロなんですか？」

「ただ今、確認中です」

「はっきりしてください。ウンコなんですか？　ゲロなんですか？」

「限りなくウンコに近いゲロかもしれません！　以上！」

執務室までついてきそうな記者たちを、環境大臣は階段の上からみおろし、やけくそになったように、叫ぶ。

どうだっていいじゃないか、そんなこと！

と、さすがのユキノも怒鳴りつけたくなるしつこさだったが、それをやれば「どうだっていいとはどういうことか」と詰め寄られるだけだ。

これも、仕事。これも、職務のうち。

ひたすら自分に言い聞かせ、ぐっと唇を一文字に結んだユキノは、同じ表情の大臣と二人足並みをそろえ、執務室へと突き進む。

「我が国はこのウンコかゲロかわからない臭いを憂慮しており、我が国土に臭いが届いた場合には断固とした対応をすると……」

隣国の報道官がまたも手のひら返しするのを、モニターで眺めていた首相は、忌々しそうに顔をゆがめた。

「勝手なことを。死体を船で送りつけてやろうかな。ご希望に添えるように」

同調して笑ったのは、国防大臣だけだった。それもすぐに消沈し、居心地悪そうに目を伏せる。

「だからはやく手を打つべきだと言ったんだ」

「特務の現場責任者は？」

責めるように言う国防軍の幕僚たちに、さすがに敷島が「いや、特務ではなく国防軍の方では？」と鋭い声で反論した。

「アラタは何をしていた？」

正彦が糾弾するように言うので、思わずユキノも声を荒らげる。

「特務隊は現場の指揮権を失ってたんですよ。ベントの許可は内閣が封殺したと聞いてます」

「きみは黙ってろ！」

不機嫌に怒鳴りつけられ、ユキノは口をつぐんだ。

威圧的な物言いは彼のデフォルトで、そこに他意はないと知っているから、職務上対立することがあっても、いつもは気にせずにいられる。

けれど今、正彦は秘書官ではなく、夫の顔を覗かせていた。

だからこそよけいに、ユキノはそれ以上の反論ができない。

「雨音、女房だからってつらく当たるな」

たしなめるように言ったのは、首相だった。

「それより、ウンコなのか？　ゲロなのか？　一応、国民の皆さまにお示ししないとさあ」

冗談だか本気だかわからない口調で言う首相に、

「どちらがイメージがいいか……」

と、きまじめに正彦が応じる。

そんなこと、どうでもいい。これ以上のどうでもいいことは、この世に存在しないくらいに。

だけどそれを軽んじたら軽んじたで、騒ぎは大きくなるだけなのである。

「僕ならゲロかなあ……」

腕を組んで首をかしげる国防大臣に、

「間をとったら？」

と環境大臣。

間……？　ゲロとウンコの……？

全員が同じ疑問を共有したそのとき「あ！」と首相が声をあげた。

「ぴったりのやつがあるじゃないか！」

結果、匂いは「銀杏のよう」だと発表することに、落ち着いた。

踏み潰したやつか、煎ったやつかは、聞く人の判断に任せればいい。

そんな答えを首相会見で発表したところで、国民が満足するとはとうてい、思えなかったけれど、何も決めないよりはマシだった。いや……こんなこと、決めないほうがマシなのか？　ユキノにはもう、何もわからない。

＊

真砂にかわり、Zビレッジに派遣されることになったのは雨音だった。

腐敗隆起の爆発で、ひとまず事態は落ちついたかのように見えたが、もう一つ、隆起が発生し膨らみ続けているのが見つかったのだ。乙腐敗隆起、と名づけられたそれをどうにかするのが雨音と特務隊の新たな任務だった。

雨音が特務隊にいたころは、もちろん怪獣なんて存在していないから、Zビレッジそのものになじみはない。だが、上司が通り過ぎれば敬礼し、数分の移動でも背筋を伸ばし行進するように歩く、彼らの規律正しさがかもしだす空気感は懐かしく、久しぶりに雨音は、足の古傷が痛むのを感じた。

「思惑通り、きみが直接指揮を執ると」

含みのある様子の敷島に、雨音は肩をすくめる。

「いえ、特務隊の仕事がやりやすいように、調整ごとをするだけです。現場の指揮権はあくまで特務隊に」

「特務隊出身の総理秘書官。まさに適役か」

「隊長！〈希望〉の死体の損傷は……」

背後から駆けつけてきた男が誰であるかは、ふりかえる前に気づいた。

アラタのほうは、背中だけではそれが雨音だとわからなかったようで、はっとした表情で口をつぐむ。

「アラタ、雨音〈希望〉処理対策本部長だ」

「やあ」

挨拶すると「……久しぶり」とぶっきらぼうに言って、アラタは雨音の脇をすりぬけた。

「また一緒に仕事ができるな。もちろん、ユキノにも動いてもらう」

「あのときの三人で何かやることになるとは思いませんでしたよ」

アラタは、笑った。

笑うしかない、という表情だった。

アラタの目に、自分はどう映っているのだろうと、雨音は思う。

少なくともあのときまで——三年前、彼が消えてしまうまでは、眼中にも入っていなかっただろう男が、元恋人の、夫の座に居座っていることを。

アラタはいったい、どう思っているのだろう。

三年前のあの夜、雨音は、特務隊訓練所を抜け出したユキノを追いかけたのだった。

「あの光球がなんなのか、確かめる！」

そう言って、前方の空に走るまばゆい光球をめざして、ユキノは特務車両の運転席に乗り込み走り出した。自分も一緒に懲罰を受けることになるのを承知で、一人で行かせられなかったのは、当時からひそかに、ユキノのことを想っていたからだ。

クールで冷たい印象を受けるのに、笑うと子どもみたいにあどけなくなる。こうと思いこんだら他人の制止など聞かず、意固地に、一直線に走り出す。そんな熱血などころも意外で、そして、好きだった。

だけど当時、ユキノにはアラタという恋人がいた。

結婚間近らしい、とも噂で聞いていた。

そんな二人の間に割り込んで、自分の想いが報われるなんて、不遜な願いを抱いていたわけじゃない。でも、だからといって、訓練所を飛び出していく彼女を放っておくほど無関心ではいられなかった。雨音には隕石(いんせき)としか思えない夜空の輝きに、ユキノがこだわる理由があるなら一緒に追いかけて、それがなんなのか確かめてみたいと思ってしまったのだ。

途中で、訓練所に戻る、アラタのバイクとすれちがった。

Uターンして追いかけてくるのをサイドミラーで確認しながら、小さな優越感に浸(ひた)ったことを覚えている。

きみはユキノの恋人かもしれないが、いま、彼女の隣にいるのは、僕だ。そしてその彼女には、きみのことも僕のことも、見えていない。ただ隕石だけをまっすぐ、見つめている。きみと僕は、いまだけは完全に、対等なんだ、と。

「明確な規律違反だぞ」

厳しく告げても、ユキノには響かなかった。それどころか、「わかってる」と言いながらさらにアクセルを踏んだ。

「きみは、あれは単なる隕石ではないと？」

「そう。もっと高貴な何か……」

魅了されたように、ユキノはぽうっとなっていた。

その横顔に、心がざわめいた。一人で行かせなくてよかった、と改めて思った。

光球は、弧を描いて夜空を走り、少しずつ地平線に近づいていった。その行き先に先回りした甲斐(かい)あってか、やがて、車の行き先と光球の落ちる先とが重なった。

「来る……気をつけろ」

「わかってる」

答えたユキノの隣を、そのとき、後方からオートバイが追い抜いた。

乗っているのが恋人だと気づいたユキノは、むきになって速度をあげた。

「……置いてきぼりは許さない！」

けれど。

落下する光球は、あろうことか、アラタの頭上に直撃した。……ように、見えた。

落ちる場所が重なった、のではなくて、アラタを呑み込むように彼をめざして落ちた、ように雨音には感じられた。

すべて、不確かだ。

記憶が曖昧だから、ではない。何が起きたのか、目の前で見ていても、わからなかったのだ。

そのうしろに続いていた雨音たちも、おそらくそのまま、車ごと光に呑み込まれるはずだったのだろう。けれど間一髪のところで、ユキノが思いきりハンドルを横に切った。

はっきりと覚えているのは、そこまでだ。

刹那（せつな）、閃光で、何も見えなくなった。目が潰れてしまいそうなほど、激しい光だった。次の瞬間、全身を打ち付けるような衝撃があり、雨音はたぶん、つかのま、意識を失った。

目が覚めたときには、足が燃えるように、熱かった。

続いて、すさまじい痛みが全身に走った。

横転した車両の下敷きになっているのだと、すぐに気づいた。這（は）い出ようとしてはじめて、下半身が自分の意志から切り離されてしまったことを知った。

——俺の、足が。

絶望の背後で響き渡るのは、恋人の名をひたすらに呼ぶ、ユキノの悲鳴だった。

ちくしょう、と唇を嚙む。心配して、追いかけて、我が身の一部を失ってまでそばにいても、彼女は雨音のことなんて見ちゃいない。アラタ、アラタ、アラタ！　その名前を耳にするだけで、怪我をしていないはずの胸までじくじくと痛んだ。

光は、とうに去っていた。

やがて呆然とした表情で、ユキノはふりかえった。

そして、横転した車の下で呻く雨音にようやく気づき、声にならない悲鳴をあげた。

「雨音！　足が！」

「……ああ。もう、感覚がない」

ユキノは真っ青になって、車両を押して雨音を救い出そうとした。脂汗を額に浮かべる彼女を見ながら、こんなときなのに、雨音はうれしかった。彼女が、自分のために必死になってくれている。その澄んだ瞳には今、雨音しか映っていない。美しい彼女の顔は、アラタではなく雨音のために歪んでいる。

やがて救援がきて、雨音は病院に運ばれた。

持ち主を失ったバイクが、さみしげに路上に残されているのが、担ぎ上げられたときに見えた。

あのとき雨音は足を失い、ユキノは恋人を失った。

ただの同僚に過ぎなかった二人を、その喪失が、結びつけた。

結婚しよう、と言いだしたのはユキノだ。

正確には、リハビリに献身的に付き添い続けた彼女は、雨音がようやく体にあう義足を手に入れたときに言ったのだ。

「これからもずっと、私はあなたのそばにいるからね」

事故から、一年近くが経過していて、幻肢痛と呼ばれる失われた足の痛みを、ようやく感じなくなっていたころだった。アラタの捜索も、すでに、打ち切られていた。

あいつのことはもういいのか、と聞きたかったが、聞けなかった。

どんな理由であれ、彼女が自分を見つめて微笑んでくれる。それだけで十分だと思うことにした。忘れられなくてもいい、傷ついた彼女をこれからは自分が何倍もの愛情で癒していけばいいのだと、あのときはそう信じていたのだ。

けれど。

彼女の左手の薬指に誓いのしるしが輝くようになって、さらに一年が経ったころ。

アラタは、戻ってきたのだった。

何事もなかったかのように、しれっと、ユキノの隣に立つにふさわしい美しい笑みを浮かべて。

会いたい、と言った彼女を、止める権利は雨音になかった。

一緒に行く？　と聞かれたけれど、断った。懐の深い夫のふりをして。本当は、自分よりもずっと似合いの二人が並ぶところを、見たくなかっただけのくせして。

でも一方では、信じていたのだ。この二年、自分たちの間には確かな絆が育まれたはずだと。アラタの存在は、夫婦に感傷をもたらすことはあっても、なんら脅威になるはずがないと。

行けば、よかったのだ、一緒に。

アラタに再会してからも、ユキノは何も、変わらなかった。変わらず美しく、そして雨音に寄り添う、完璧な妻だった。

変わったのはたぶん、雨音のほうだ。

ユキノを、信じられなくなった。

本当は、アラタになんて会わなくてもかまわないと、あのときそう言ってほしかったのだと、雨音は思った。

今さら気づいたところで、なにもかもが、手遅れだけど。

＊

雨音は、変わった。

昔はこんな、うさんくさい口髭なんてはやしてなかった。

と、アラタは雨音のいかめしい横顔を見つめた。

「いずれにしろ、国防軍の失態のおかげでまた、特務に〈希望〉の死体処理の権限が戻ったというわけだ」

四角四面なところはあったけれど、こんなふうに、すかした、人を苛立たせるような物言いもしなかったはずだ。

「権限より、次の手を打たなければ事態は最悪に」

言い募ったアラタを、雨音は静かな声で抑えた。

「現場的には。……とにかく、次にまた爆発を起こしたら、被害地域は倍以上の面積になる」

「風向き次第では、死体から北西方向二十キロ圏内は銀杏の匂いで覆われる」

「敷島さん……あなた、本気で銀杏の匂いだと？」

神経を疑う、というように雨音は返す。

「いや俺は……雨音、よけいなことを言わせるな」

冗談なのか本気なのかわからないそのやりとりを聞きながら、意外と何も変わっていないのかもしれないなと、アラタは考えを改めた。むしろ、変わったのはアラタのほうだ。少なくとも雨音はそう思っているに違いない。信用だって、してくれているかどうか、あやしい。

けれどそれは、あたりまえだった。

二年間も黙って行方をくらませていた男を、そう簡単に信用できるはずがない。しかも、唐突に戻ってきたかと思えば、覚えていないの一点張りで、いなくなっていた間のことを、何ひとつ話そうとしないのだから。

だが、雨音のおかげで特務隊が動きやすくなったのは確かだった。

真砂たち国防軍の失態を、すべて特務になすりつけられていてもおかしくはなかったのだ。生きながらえた、ことに今は感謝するべきなのかもしれない。死刑執行の日が、先延ばしされただけかもしれないけれど。

「アラタさん。面会希望の方が」

「俺に？」

椚に呼ばれていくと、アラタのデスクまわりに人だかりができていた。

その奥には、長髪に髭面で眼鏡、という妙にうさんくさくて、のっそりとした男が待っていた。

八見雲、と名乗るその男は、隆起のガスを安全に処理できる方法がある、という。

またか、と思った。

特務隊のホームページには、日夜、我こそが救世主だと名乗る人物からの投稿が送られ続けている。そのどれもが、眉唾もので、聞くに値しないものだったけれど、こうして直接押しかけてきたのは、この男が初めてだった。

聞けば、町工場の社長だということだった。

素人の意見を採用するわけにはいかないと雨音が追い返しそうになるのを、なだめてとりあえず話だけ聞いてみることにしたのは、その男のまなざしに、胡乱ながらもひっかかるものがあったからだ。

八見雲は、敷島や雨音も見守るなか、持参したノートパソコンを操作し、プロジェクターで映像を映し出した。

「これは排煙装置の原理なんですが」

八見雲は、ふだん、焼き肉店などで使う排煙装置をつくっているらしい。

映し出されたのは、おそらく自分の工場なのだろう。狭く薄汚れた屋内で、そろいの作業着を着た男たちが、なにやら実験をしている風景だ。隆起を模して、ぱんぱんに膨れ上がったバルーンが、手製の装置と配線でつながれている。

「基本的に、内部の腐敗ガスを利用します。まずは隆起下部にベント用の穴を二つ開けて、パイプで誘導し、隆起の形に沿うよう、腐敗ガスを放出させる」

映像のなかで、男がバルーンにひとつ目の穿孔を行う。

すると、ガスが噴き出し、渦を巻くように吹きあがった。

続いて二つ目の穴を開けると、そこからもガスが噴き出し、一つ目の穿孔からのガスとの相乗効果で気流の動きがはやくなる。やがてバルーンを中心に、大きな渦が湧きおこった。

「さらに、隆起の頂上にもうひとつ穴を開けます。すると上昇するガスにひっぱられ、隆起の周囲をまわっていた腐敗ガスが、竜巻状になって上昇。成層圏までのぼるというわけです」

説明を聞きながら、なるほどよくできている。と、アラタは思った。

「どう思う?」

敷島が聞く。悪くないのではないか、という顔をしていた。

「もし本当に乙腐敗隆起の内部ガスを成層圏まで上げられれば、オゾンによって悪臭の大半は分解されるはずです」

アラタの前向きな返答に、難色をしめしたのはやっぱり雨音だ。

「八見雲さんの言うことは、にわかには信じられないが……」

「名前で判断するのはやめましょうや。真顔で考えてみてくださいよ」

八見雲は、自虐的に口を挟む。

たしかに、やみくもじゃなあ、とアラタも思うが、名前は関係ない。こんなに絶望と困難しか与えてくれない怪獣の死体だって〈希望〉と呼ばれているくらいなのだから。

「問題は、どうやって腐敗隆起の正確な位置に穿孔するかだ」

ロジックは、悪くない。

だが穿孔する位置が少しでもズレたら、爆発を起こしてガスは縦横無尽に流れ出すだろう。

「小型ミサイルとか？」

椚の提案に、八見雲は首を振った。

「もうちと、デリケートにやりましょうや」

「かなり正確に位置と角度を攻める必要があると?」

「です。少しでもズレると逆に気流は地上に向かって吹き出す」

「そうなれば、銀杏地域は拡大すると」

雨音が言う。……お前も銀杏って言っちゃってるじゃん、と思ったが、口にはしない。かわりに、

「直接、ダイナマイトを腐敗隆起に仕掛けるか……」

とつぶやいた。

「それができるのは、あの人しかいない」

敷島も、副隊長の徳本も、アラタが誰のことを言っているかは、すぐにわかったようだった。

「でも、特務やめてから行方知れずなんだろう」

徳本は気乗りしないようだが、敷島はまんざらでもなさそうだった。

「確かに、彼の技術なら」

「彼の携帯の番号は知りませんか?」

「俺は知らない」

「誰の話ですか?」

新人の椚と、八見雲はきょとんとしている。

「たしか、辞めたあとはがきをもらったことがある。郵便番号は書いてあった」

「住所がわからなきゃ意味ないでしょう」

「郵便番号で何がわかるんですか」

「うるさい！」

喧々囂々(けんけんごうごう)しはじめた敷島たちを、雨音が一喝する。

「……少し、考えさせてください」

「そんな時間的余裕はないと思いますけどね」

八見雲は、冷たく言い放った。

そう。時間はない。あの時と同じように。

たかが十分、と保留しているあいだに、隆起はまた、爆発するかもしれない。

だが雨音の苛立ちも、今回ばかりは理解できた。大学の研究者というならいざしらず、町工場の社長、しかも八見雲なんて名前の男の言葉を、現場判断以上に、他の閣僚が信用するとは思えない。その調整をするのはすべて、雨音の役目なのだ。

とはいえ、どれだけ心もとなくても、手続きが面倒だとしても、わずかでも可能性があるなら今は賭けてみるしかない。

そんなことはきっと、雨音にだって、わかっていた。

ユキノから呼び出されたのは、その夜のことだ。

待ち合わせは川沿いの——もちろん怪獣の死体がある河川敷からは離れている——カフェレストランだった。薄暗く妖艶(ようえん)な色合いの照明に照らされた店内は、猥雑(わいざつ)な気配が漂っている。ユキノの趣味とも思えず、なんとなく居心地の悪さを味わっていると、テーブルの向かいに座った彼女は、政府専用端末に機械をつないで「よし」とにんまり笑った。

「これで位置探査を欺(あざむ)ける。私は今、某研究機関にいることになってる」

「こういうことが必要な部署にいるってことか」

「国家の利益が個人の尊厳より優先される。だから自分の身は自分で」

「こういう個人的な火遊びの秘密はどうなんだろうね」

腕どころか手の甲から指先まで入れ墨をいれたマスターが、水の入ったグラスを運んでくる。顔見知り、らしい。

「からかわないでよ」

ユキノはマスターを横目で睨(にら)んだ。

「もう行ってください」

「なんだか知らないけど、こえ〜」

ふわふわと全身を揺らしながら去っていくマスターは、うさんくささの権化である。大丈夫なのか、と視線で問うと、

「心配しないで。信用できる機関の人よ」

ユキノは自信満々にうなずいた。

「あんまりそう見えないけど？」

「だから、料理の味は期待しないで」

「え？」

腹をすかせてきたのに、という落胆が顔に出たのか、

「その驚いた顔、変わらないね」

とユキノが笑う。どうやら、からかわれたらしい。

その、いたずらっ子みたいな笑い方が懐かしくて、アラタの心もわずかに緩(ゆる)んだ。けれど、二人は思い出話をするために集まったわけじゃない。あの頃、ユキノとアラタはいつだって、肩をならべて座っていた。顔を見なくても、相手が今、どんな表情をしているのかはわかったし、それよりも隣で、体温を感じていたかったから。

今の二人は、向かい合わせに座っている。仕事の話をするためで、互いに、肚を探りあう必要があるからだった。

「で、ミツハダム爆破の件だけど」

ユキノは、身を乗り出した。アラタたちが八見雲案を検証しているあいだ、ユキノはユキノで対策を考えていたのだという。

その案を思いついたきっかけは、

「怪獣なんてさあ、本音をいえば、観光資源たって、ウンコみたいなもんだよ」

という環境大臣のぼやきだった。

「水洗トイレは、なぜ、あるか？　汚物を水に沈めると臭いの拡散が防げるからでしょう。ってことは、〈希望〉を海に沈めれば」

「臭いも、なくなる」

「そういうこと」

ダムを爆破して、川の水量を増やして、怪獣を海まで押し流し、底に沈める。

乱暴だが、理にかなっている。〈希望〉を沈めるなんて、縁起が悪いような気もするけれど。

「環境大臣が動いて、首相及び官房長官の内諾もとりつけた」

「さすがに刺さっただけのことはある。ダムの図面は？」

「旦那（だんな）経由で国交省から手に入れる」

「雨音が協力したのか？」

「ええ。権力っていうのは、いざというときに使うもんだって」

「あいつ……」

意外だった。けれど、愛する妻のためなら、労を惜しまないというわけか。

ちくり、と胸が痛む。

「特務は本気でやってくれる？」

試すように、上目遣いでユキノはアラタの瞳を覗き込んだ。

「君の考えに賭ける価値はあると思う。疲弊（ひへい）して超保守化したこの国には、その飛躍が必要だ」

しごくまじめに答えたのに、ふふっと笑われる。

「なに？」

「今まで、そんなに褒めてもらったことって、あったかなあって」

「いや、べつに……」

「計算上、水は堤防を越えない。流域住民の安全を確保したうえで、今は使われていないミツハダムを爆破する」

どちらにせよ、とアラタは一人の男を思い浮かべた。

「やはりあの人の技術が必要だ。……君なら居場所を知ってるよね」

青島涼。通称、ブルース。

爆破技術に関しては特務隊一と謳われながら、数年前に隊を去った男。そして。

「……お兄ちゃん」

アラタの、義理の兄になるはずだった人だ。

料理は確かに、おいしいともまずいとも言いがたい不思議な味わいだった。

基地に戻ったらカップラーメンでも食べなおそうかと考えていると、

「うまくいったら、あなたの秘密を教えてくれる？」

と唐突にユキノが言った。

「……秘密？」

「三年前、どうして姿を消したのか」

「それは……」

覚えていない、と言ったはずだ。何度も。

あの夜、俺は、バイクに乗ってユキノの運転する車を追った。空から落ちてくるまばゆい光に目を奪われていると、突然、何も見えなくなった。次の瞬間、俺は、同じ場所に立っていた。ただし——時刻は昼間で、あの光球のかわりに太陽が燦々と頭上に照っていて、訓練所に戻ると、あれから二年も経過していることを告げられた。

ユキノは、信じなかった。

私にだけは本当のことを教えてよ。そう言ってなじる彼女の左手に輝く指輪に目を留めて、アラタも衝動的に叫んだ。

僕を待ってたわけでもなさそうなのに、なんできみにすべてを打ち明けなきゃいけないんだ！

すぐにはっとなって、謝った。

泣くかもしれない、と思ったけれど、ユキノは表情を文字どおり、消していた。そう……そうよね。報告し忘れていたけど、私、今は青島ユキノじゃないの。雨音ユキノ。覚えているでしょう？　特務隊の同僚だった雨音正彦。あの人と結婚したの。

おめでとう、と言うしかなかった。

ぎこちなく笑ったアラタに、ユキノもようやく微笑んで、ありがとう、と言った。

私たち、これからもいいお友達でいましょうね、とも。

それなのに今、ユキノは友達の距離を、踏み越えようとしている。

「じゃあ、これからも〝好き〟の残骸を抱えて生きていけっていうの？」

すぐには、答えられない。

けれど、好きにしろよ、と言ったところでユキノが引き下がるとも思えなかった。

長い沈黙のあと、わかった、と絞り出すように、アラタは答えた。

「よろしく頼む」

アラタが差し出した手を、ユキノはしばらく、真意を問うように見つめた。そして、指輪をしていないほうの手で握ると、強く引いて距離を縮め、そっとアラタの唇に自分のそれを重ねる。

「今でも愛してるわ」

囁くように言うとユキノは、アラタの反応を待たずにくるりと背を向け、やってきたタクシーに乗り込んでしまう。

当て逃げのようなそのキスを反芻しながら、アラタは去っていくタクシーを見送る。

逃げる間も、なかった。

突き放すことも、今のアラタには、できなかった。

ブルースと最後に会ったのは、あの夜の少し前。あのときのアラタはブルースにとって、特務隊の後輩ではなく、実家に初めてやってきた妹の恋人だった。

お兄ちゃんなら、日がな一日セメントの材料を探してるわよ。

ユキノから聞かされたときは、思わずにやりとした。セメントの材料である石灰岩を採掘するには、山の斜面を爆破して崩していくよりほかはない。自然破壊以外のなにものでもないその行為で、被害を最小限に食い止めるには、やはり正確な爆破技術が必要となる。特務隊をやめてもあの人は火薬のにおいから、そして一ミリの誤差も許さない狙い撃ちの達成感から、逃れられなかったのだと思った。

柵とともに採掘場を訪れると、南米帰りかと問いたくなるほど、年季の入ったドレッドヘアの男が、部下を引き連れてやってくる。以前は、カウボーイのようにしなやかで、とらえどころのない風のような男だと思っていたが、屈強な部下たちに囲まれた今の彼は、マフィアのボスといってもさしつかえない、地に足の着いた貫禄(かんろく)をそなえている。

口の周りを覆う彼の髭をみて、ふと、雨音のそれを思い出す。自分が消えていたあいだの月日を、改めて突きつけられたような気がした。

「お久しぶりです」

頭を下げると、ブルースはにやりと笑って、アラタを殴りつけた。

構える暇のないあまりに自然な流れに、ブルースがこの採掘場でどのように生き抜いてきたのか、うかがい知れるような気がする。地面に倒れ込み、垂れた鼻血を手の甲でぬぐう。一発で済めば、安いものだった。

すばやく立ちあがり、アラタを試すように涼しい顔をしているブルースにもう一度頭をさげる。

「あなたの力が必要なんです」

ブルースは部下たちをふりかえった。

「ちょっと休憩とってくらあ」

おお、と怒号のような返答があがるのを聞いて、アラタの態度次第では彼らからも殴られていたかもしれないな、と思う。すらりとした体軀のブルースでさえ、この力なのだ。ガチムチの彼らに手を出されては、命がいくつあっても足りない。

現場を離れ、歩き出したブルースのあとを、アラタは追う。

その背中に向かって、返事はなくとも、説明を続ける。

怪獣の死体が、川に横たわり続けていること。このまま、腐らせておくわけにはいかないが、残された乙腐敗隆起がある以上、うかつには手を出せないこと。政府の観光資源計画はアラタにとってどうでもいいものだが、隆起が爆発すれば臭気ガスが漏れだし、人々に――ユキノにも危険が及び、国土にもどんな悪影響を与えるかわからないこと。それを防ぐため、ユキノがダムの爆破計画を思いついたこと。

「……とにかく、乙腐敗隆起が爆発する前に」

「俺はもうそういうこととは無縁の仕事でね」

ようやく口を開いたブルースの答えは、そっけない。

「この計画にはあなたの力が必要です」

くりかえすと、ブルースは立ち止まり、アラタを睨みつけた。

「お前、俺のところに来れた義理か？」

「それはわかっていますが、今はこの国を救うために力を貸してください」

「私情と腐った死体は犬も食べません」

「……なに？」

椚の挑発めいた発言に、ブルースは顔色を変える。

そしてアラタたちに背を向けると、手元でなにかを動かした。かち、かち、と小さな音がしたかと思うと、火花が散るような音が続けて響く。

「もう俺は、お前らと関わる気はない」

ダイナマイトだった。

導火線に火がつき、もくもくと煙があたりに広がる。さすがのアラタも血相を変えて、あとずさった。

「帰れ、帰れ！」

拳銃のようにダイナマイトをつきつけたかと思うと、無造作に投げつけられ、アラタと椚ははじかれたように走り出した。ただの脅し、とは思えなかった。アラタたちが帰らなければ、本当に、爆破される。

「なんなんですか、あの人。危ない！」

信じられない、と表情を歪める椚に、アラタは走りながら小さく首を振る。

ブルースがなぜ特務隊を辞めたのかは、知らない。

けれど最後に会ったあのとき、ユキノの母親の病は進行していて、余命いくばくもなかったのだとあとから知った。夫を亡くしていた彼女は、ユキノの花嫁姿を見る日を楽しみにして、生きる活力としていたのだろう。それは「娘をよろしくお願いしますね」と言った声を聞いただけでもわかった。その隣でブルースは、特務隊では見せたことのない慈愛に満ちたまなざしを、母親と妹に向けていた。

今はもう、彼女はいない。

ブルースがアラタを許す日は、きっと来ない。——それでも。

やってもらわなくては、いけないのだ。彼に。

大切な人を失う悲しみを、もう誰にも、味わわせないためにも。

＊

協力してやってもいい、とユキノのもとに兄から連絡がきたのは、アラタが会いに行ってから数日後。

膨張し続ける乙腐敗隆起の爆発をおそれた政府が、避難指示区域と立ち入り禁止区域を拡大する方針を発表した直後のことだ。きっと、誰か身近な人が、苦しんでいるんだろう、とユキノは思う。むりやり避難させられたとか、家族とバラバラになってしまって会えずにいるとか。兄はそういう人だ。いつも、自分のためじゃなくて、誰かのために怒り、悲しんでいる。

特務隊をやめた理由は、知らない。けれどたぶん、特務隊にいても、大切な人を救うことができない無力感に苛(さいな)まれるような、何かがあったんじゃないかと、ユキノは思っている。だから——きっと、帰ってくると思っていた。自分の力で、誰かを守ることができるなら、その可能性がわずかでもあるなら兄は、私情をおいてでもきっと、使命を果たさずにはいられない。

ならばユキノも、自分のなすべきことをなす。兄に、かっこ悪いところを見せたくはない。だから、

「ミツハダム計画は一旦白紙よ」

と環境大臣が苛立ちをあらわに執務室に戻ってきたときは、思わずかっとなった。

「そんな！　なぜです？」

「管轄する国交大臣が抵抗勢力なのよ。許諾を出さない」

言って、大臣は歯噛みする。

国交大臣は、国防大臣の意向をうかがうきらいがある。国防軍をさしおいて特務隊が手柄を立てそうなことはなんだって許さない国防大臣（たぬきおやじ）は、怪獣の死体処理に関して環境大臣の後手にまわりがちなことをいつも気にしているから、とりあえず渋ってみせたのだろう。だけど。

「ふぇふぇふぇふぇ〜」

らしくない、あくどい笑みがユキノの端整な唇から漏れた。環境大臣が、ぎょっと

する。

「なに？」

「大臣。現在、ミツハダムは役割を終えて、環境調査のためにうちが管轄を」

「本当か！」

「はい」

もちろん、そうした事態も見越したうえで、この計画を練ったのだ。

「よし。今まで、環境省はさんざん嘗められてきたからね。ふふん、ようやく新しい朝が来たわ。希望の朝よ！」

歌うように言う大臣に――というかもうほとんどご機嫌に歌っている――ユキノはにんまりと笑って、うなずいた。

〈希望〉は川を遡上しながら、橋という橋を破壊しつくした。近々とりこわす予定だった上流のミツハダムを決壊させ、単なる放水以上の水を流せば、〈希望〉の死体は海まで押し流されていくだろう。

「水没後は〈希望〉の周囲に防水堰をつくり、中の海水と腐敗防止の薬品を入れ替える。いわゆるホルマリン漬けです」

そうすれば臭いは消えて、かつ、観光資源としての保存もできる。完璧だ。

——見てなさい。

国防大臣はもちろん、アラタにも雨音にも、ユキノは後れをとらない。ユキノにだって、果たすべき使命はあるのだ。そのことを証明してみせる、とユキノは強く拳を握った。

*

「放水で死体を海まで流すなんて、うまくいくと思うか？」

首相は、怪訝(けげん)そうに雨音に聞いた。

あまりにわかりやすすぎて、不安を煽られているらしい。たしかに、小学生でも思いつきそうな単純な方法だが、雨音としては、悪くない、と思っていた。本人に言うつもりはないが、よく思いついたな、とユキノに感心したほどだ。

だが成功するかどうかは、やってみないとわからない。

「五分五分でしょう」

答えると、首相は肩をすくめた。

「まあいいか。時間稼ぎにはなる」

「むしろ、その意味しかないかと」

どのみち、現時点で他に案はないのだ。

手をこまねいているだけだと、またマスコミから批判される。国民も、黙っちゃいない。うさんくさい宗教団体が終末を説き、神の審判が訪れるのだと叫びながら首相官邸前に集まるのはもはや日常茶飯事だが、近ごろでは、立ち入り禁止区域の境界で環境団体もデモを起こしているらしい。これは銀杏の匂いじゃない、ゲロ＋ウンコの臭いだ、国民を欺くな、とかなんとか。

くだらない、と雨音は鼻白んだ。

ゲロ＋ウンコの臭いだと最初に発表していたところで、状況は変わらなかっただろう。何かにつけ答えを欲しがるくせに、提示するものはすべて納得がいかないと騒ぐ彼らのことが、雨音は憎くてたまらなかった。

もともと、貧しい生まれゆえに、生きるための武器を得るため、国防大学に入った雨音だ。騙（だま）されたくないのなら、少しでも正確な情報を自力でとりにいくしかないと身に沁（し）みていた。情報を与えられるのを待つだけの場所にいては、いつまでたっても、誰かに踏みつけにされたままだとわかっているから、彼らのように、安全な場所から文句を言うだけの人間が、許せない。

「失敗すれば、もう一度国防軍が動き出すな……」

それはそれで面倒だ、と首相は言う。

「ええ。死体処理はいつのまにかおいしい仕事に。米軍も、外務省経由で怪獣の死体処理を打診してきています」

「いろんな人たちがさ、〈希望〉のさ、死体処理をさ、したがってるけどさ、本来はどこの管轄だ？」

首相はずいぶんと、苛立っているようだった。

「それは……」

「動物の死体だから保健所さあ！」

声を荒らげ、雨音の額を強くデコピンする。

「あっつ……」

想定外の威力に、雨音は額を押さえてよろめいた。

――そんなこと、いまさら言われても。

けれど、首相の八つ当たりを受け止めるのも、秘書官のつとめ。額をさすりながら雨音は、自分にそう、言い聞かせる。そしてふと、今回の計画の要となる男の顔を思い浮かべた。

Zビレッジに招かれた彼に、「ご無沙汰しています、お義兄さん」と雨音が挨拶すると、ひどくいやそうな顔をした。知っている。雨音は彼に、好かれてはいない。足を失ったくらいで、特務隊を抜けたのも、気に食わないのかもしれない。けれど個人的な好悪など、どうでもよかった。雨音にとって大事なのは、誰もかれもが、雨音の予測どおりに、動いてくれるかどうかだけだ。

そのなかで――不確定要素が、ひとつだけ。

首相にも報告していない、犬神博士からの光の解析結果を、思いだす。あれがもし本当ならば、やっぱり、デウス・エクス・マキナ――機械仕掛けの神は存在するのかもしれない。さすがの雨音も、神を操ることはできないだろう。でも、それに近いことはできるはずだ。

首相にも気づかれぬよう、雨音は企みに満ちた瞳に、小さな野心の光をともした。

＊

「チャスタイズ作戦だな」

とブルースは、ダムの上をジープで走りながら言った。

「第二次世界大戦中、イギリスがドイツ工業地帯の電源を断つため、二つのダムを破壊し、三億三千万トンの水を一気に流出させた。いわゆる、ダムバスター」

停車したジープから降りると、ブルースは煙草(たばこ)に火をつけた。

「空爆は？」

問う彼に、

「反跳爆弾なんか世界中のどこにもありません」

と答えたのは、敷島だ。

反跳爆弾。航空機から落とされたあと、水面を跳ねるようにして目標に向かって進んでいく爆弾のことだ。たしかに、それで一気に決壊させることができれば、楽なのだけれど、そうはいかないから、ブルースが必要なのだ。

「で、俺たちがやるのか？」

「それしかない」

「めんどくさいなあ」

ぼやきながら、ブルースはダムの下を見下ろす。堅牢(けんろう)な壁を打ち砕くキーパーソンにしてはずいぶんとゆるい佇(たたず)まいだった。

「すでにダムの図面も雨音から」

アラタが言うと、ブルースはわずかに目を見開いた。

「あいつにしては気が利くな」

「できるのは、あなたしかいない」

敷島みずから頭をさげたのを見て、ブルースはやれやれと頭をかく。

「炸薬量はおそらく三千キログラム。ダムは水圧の関係で喫水線（きっすい）より下が弱い。ポイントに仕掛けて一気に破砕させる」

図面も見ずに、炸薬量の見当までつけられるのか。

驚きながら、アラタは問う。

「作戦実行まで三十六時間。間に合いますか？」

「そんなもん、知るか」

はんっ、と鼻で笑って、ブルースはふてぶてしく、煙草の煙をくゆらせた。

ダムの壁面に穿孔し、爆薬を仕掛ける。作業はシンプルだが、寸分の狂いもなく、斜面に何ヵ所も、となるとやはり至難の業で、プロジェクションマッピングのように投影して定点を映し出しながら、命綱をつけた作業員たちが、ドリルで壁面に穴を開けていった。

作業は翌日の夜になっても続き、ダムの正面に高所作業車を止め、荷台にある上下稼働する作業台に乗ったブルースも、逐一、拡声器で指示を出し続けた。採掘場にいたときからかぶり続けていた黄色いヘルメットをはずし、年季の入った青いヘルメットに替わったのを見て、アラタは懐かしさに目を細めた。

「青ヘルってことは、気合い十分ですね」

「ああ、十年ぶりだ」

言って、ブルースは自分のヘルメットを叩く。

そこには「特務隊　第一先攻部隊　青島」と手書きの文字で書かれていた。

「よし、一度やるぞ」

ブルースの号令に、部下が指示用の旗をふりあげた。

「炸薬点火テスト」

定点を結ぶと、四角と八角をいくつもくみあわせた陣形が現れる。まるで魔法陣だ、とアラタは思った。そこから悪魔のかわりに、怪獣を押し流すほどの水を召喚するのだ。

すでに近隣住民には一時退去が命じられていて、今頃は手のあいた特務隊隊員が街の隅々まで見回りにいっているはずだ。これまでは、立ち入り禁止区域とはいえ、人の目で確認するだけだったから、物陰に隠れて息をひそめていればやりすごせた。けれど今回は、そうはいかない。赤外線モニターを導入し、温感センサーで命あるものの気配はネズミ一匹、見落とさない覚悟である。

「……よし、いいぞ。アラタ、日の出前にはいける」

ブルースからのGOサインが出たのは、作業をはじめてから約三十時間後。隆起が爆発するとされるタイムリミットまで、あと少し。

アラタはうなずき、椚を見やった。

「本部と連絡。住民退避の最終確認を」

「了解」

アラタもブルースも、ほとんど二日半、寝ていなかった。仮眠をとるよう勧めたが、ブルースは作業員から一瞬たりとも目を離そうとしなかったし、アラタもその隣を離れる気にはなれなかった。それに、交感神経が刺激され続けているせいだろうか。その瞬間が訪れるまでは、横になったところで眠れそうになかった。

やがて敷島から、ミツハダムの全員に向けて、無線が入る。

「予定どおり爆破を遂行する。爆破実施時刻は〇四〇〇」

いよいよ、そのときが迫っていた。

＊

ユキノも、計画の立案者として現場を訪れていた。

環境大臣は、敷島とともにZビレッジの災害対策本部のモニターでその瞬間を見届けると言っていたが、ユキノはそれでは、落ち着かなかった。環境省の技官である山根とともに、ジープに乗り込む許可をもらい、〈希望〉の死体が見える土手に向かう。

山根は〈希望〉を間近で見るのは初めてらしく、ユキノの倍は生きているだろうに、すっかり腰が引けてしまっている。

「まもなく爆破ですね。水が到着するまで三十分」

タブレットを操作しながら、山根が言う。

そこには、作業現場の映像も映し出されているはずだったが、ユキノはちっとも気にならなかった。だって陣頭指揮を執っているのは、あの兄だ。その補佐をするのは、アラタ。万が一にも失敗するはずがないと、信じていた。

「〈希望〉、あんたには出ていってもらうからね」

土手に仁王立ちして、ユキノは怪獣の死体を睨みつける。

＊

できることなら指示していたときと同じ、ダム壁面の正面で事を見守りたかったけれど、あまりに危険すぎる。爆発に巻き込まれない程度に距離をとった場所に高所作業車を止め、アラタは暗視ゴーグルで壁面の様子をうかがいつつ、報告を待っていた。

ザザッと無線が揺れて、「最終安全確認完了しました」という声が耳に響いた。

アラタは、ブルースの目を見て、うなずいた。

それを受けてブルースは、部下に目をやる。

「まもなく四時です」

部下の声に、場の緊張感が一気に高まる。

ブルースは見た目にそぐわない野太い声を張りあげた。

「五秒前！　四、三、二、一……」

――点火。

起爆スイッチが押され、壁面に仕掛けられた爆薬が次々と爆発していく。

バン、バン、バン、バババババン!!

火薬のにおいと熱のこもった空気が、アラタのいる場所まで届く。

けれど、肝心の放水する音がなかった。

期待した、ドドドドドという雪崩を起こすような音が。

何かがおかしい、とゴーグルで壁面を確認し、アラタは息をのんだ。

ダムの底部に仕掛けられた爆薬の一部が、爆発していない。いや——爆発はしているものの、壁を破砕するに至っていない。いったい、なぜ。

魔法陣になり損ねた不格好ないくつもの穴。その上部から、ちょろちょろと水が漏れだしているのを見て、ブルースは叫んだ。

「だめだ……!」

そして獣のような軽やかさで、作業台を飛び降りる。

「ちょっと!」

理由を聞いている暇はなかった。

アラタも、反射的に飛び降り、その背中を追いかける。

走りながら、ブルースは言った。

「ダム底部の壁が二重構造だったんだ！」

――そんな、まさか。

たしかに、壁がびくともしなかった理由はそれ以外考えられないけれど。

「でも、図面は確かにミツハダムの」

「俺たちは設計変更前の図面をつかまされたんだ」

「まさか……雨音か……」

なんのために。

どうして。

混乱で疑問ばかりが脳裏をかけめぐる。

ブルースが向かった先はダムの下にある湖だった。爆弾を積み上げたボートをつなぎとめているもやいを指さし、それを解くよう、アラタに命じる。そして自分は、じゃぶじゃぶと水の中に入ってボートに近づいていく。

「バックアップ爆弾が役に立つとは、ついてねえ」

ブルースはボートに乗り込み、アラタの外したもやいを引っ張りあげた。そして船外機のモーターを稼働させる。

「お前はここに残れ」

続いて飛び乗ろうとしたアラタを、ブルースは止めた。

「でも起爆スイッチは」

「必要ない！　水深二十メートルで自動的に信管が作動する」

ボートは壁面に向かって動き出す。

ブルースの意図を察して、アラタは慌てた。

「俺が操船を！　じゃないと爆破前に安全なところには……」

「負けを予測して憂うのは負け犬の習性だ」

「いや、でも」

「お前はもう一つの方を準備しろ！」

そんな、無茶だ。

アラタは言葉を失う。ダムの底部を今度こそ破壊するためには、やっぱり正確に位置どりをする必要がある。水面のわずかな揺れも、ボートを押し流してしまいかねない。着火するギリギリまでボートをおさえ、なおかつ安全な場所に逃げるなんて、いくらブルースでもできるはずが。

けれど全速力で走りだしたボートは、すでにアラタに追いつけないほど遠く、小さくなっていた。

──ブルースさん。

　呆然と見送りながら、アラタの脳裏に、ユキノの顔がちらつく。お兄ちゃんってすごいんだよ、と自分のことのように誇らしげに語る、彼女の横顔が。

＊

　何か想定外のことが起きたらしい、というのはタブレットに見入る山根の青ざめた表情と、時間がきてもぴくりとも揺れない穏やかな川面(かわも)を見ていればわかった。けれどユキノは、一歩も動かなかった。失敗なんてするはずがないと、それでも、信じていたから。

　朝日が昇り、気温が上昇していくのを、肌で感じる。

　山根が、うわずった声で言う。

「気温の上昇とともに、危険な状態に」

「内圧は？」

「現在二百キロパスカル。上昇中です」

「爆発まで、どれくらい保(も)ちそう？」

「五百キロパスカルが限界かと。データでは、約一時間後」

確認するまでもなく、隆起は目に見えて大きくなっている。今にもはじけ飛んでしまいそうなほど、ぱんぱんに、膨らんでいる。あのなかいっぱいに、銀杏だかなんだかわからない臭いのガスと、粘液が詰まっているのだ。

爆発したら、ユキノは確実にそれを全身に浴びる。

逃げましょう、と山根が目で訴えていたけれど、ユキノは無視して川の上流を見つめた。

「お願い……」

神様なんて、いない。

どれだけ強く願っても、喜びにつながるものはすべて我慢したって、叶(かな)えてなどくれないことを、ユキノはよく知っている。神様はいつだって、理不尽に奪うだけ。

それでも、祈らずにはいられなかった。

地位や名誉のためなんかじゃない。この計画に関わってきたすべての人たちの労力に、たまには世界のほうが、報いる努力をしてほしかった。

――お願い。お兄ちゃん……アラタ。

刻一刻と、タイムリミットは迫る。

膨れあがる隆起を横目に、ユキノは両手をくんで、ぎゅっと力をこめる。

＊

ヘリコプターに乗り込んだアラタは、上空からブルースを探していた。

「なるべく、低空を飛んでくれ」

とパイロットに指示を出し、瞬きも惜しいというように目を見開く。

「ブルース、こちらアラタ、送れ！」

無線には、反応がなかった。

「ブルース、こちらアラタ、送れ！」

声に、焦りがまじる。

お願いだ。無事でいてくれ。ブルースさん、あなたは生きていなきゃいけない人なんだ！

「……ん？」

不意に、穏やかだった水面が、跳ねた気がした。

波が、起きている。

アラタは上流に目をやった。ドドドドドド、という地鳴りがするような音とともに濁流が川下に向かって押し寄せてくる。

——やった！

けれどそれは同時に、ブルースがこの荒波に呑まれた可能性を示していた。しかも、おそらくは、全身に大やけどを負って。

「ブルース、こちらアラタ、送れ！」

声を張りあげる。

波の隙間ひとつ見落とさないよう、アラタは懸命に彼を捜索する。

＊

乙腐敗隆起の内圧は、すでに四百キロパスカルに達していた。

「まもなく限界内圧、超えます」

報告する山根の声がふるえる。

「はやく……！」

悲鳴に似た声をあげたユキノに、山根はこらえかねたようにジープのドアに手をかけた。

「雨音さん、危険です。離れましょう!」

そのときだった。

「待って」

音が、した。

「え?」

聞いたことのない轟音が、川上から、響き渡る。

「来る!」

最初は、山のように見えた。

水位を大幅に増し、土砂も巻き込んで茶色く濁った水が、上流から荒々しく一気に押し寄せてくる。上空に飛ぶヘリのプロペラ音すら、かき消されてしまう。

——やった!

ユキノの表情に、歓喜が浮かんだその瞬間。

横たわる〈希望〉の頭部を濁流が打ちつけ、高波が起きた。飛沫(しぶき)が、小雨(こさめ)のようにユキノの頭上から降ってくる。

濁流は、〈希望〉の開かれた口から、内部に吸い込まれるように流れていった。同時に、あれほど重々しく岩のように鎮座していた死体の位置が、わずかにずれる。

「動いた……」

押し流している。

計画どおりに。

ユキノは、ひどく興奮して、鼻の穴をふくらませた。

その高揚が、兄たちの成功を確信したからなのか、自分の計画の正しさを証明できたからなのかは、わからないけれど。

＊

濁流に呑み込まれないよう、アラタの乗るヘリコプターが少し、高度をあげた。

〈希望〉の周辺が、大きく波立っている。

このまま海まで押し流してくれる、と希望を抱いたのは一瞬で、口から流れ込んだ水は死体をどんどん膨張させ、その重みで〈希望〉は再び、止まってしまった。

——まずい。

このままじゃ、死体全部が破裂しかねない。

そうなればきっと、一緒に隆起も爆発する。

あたりを見渡すと、土手に人影が二つあるのが見えた。あれは――ユキノだ。アラタは血の気が引いていくのを感じる。最悪の場合、ユキノは川の氾濫と爆発の両方に巻き込まれてしまう。でも、今のアラタには、なすすべもなかった。限界まで膨らんでいく〈希望〉の体を、見守ることしか。

――もうだめだ。

絶望に、目の前が真っ暗になったそのとき。

ぶほおおおおん。

間の抜けた、放屁のような、音がした。

実際、それは、放屁だったのだろう。肛門を突き破るように、濁流が〈希望〉の尻から一気に流れ出た。その直後、ガスが大量に漏れ出て、腐敗隆起がしゅるしゅると小さくなっていく。

「ええええええ!?」

思わず、アラタも、間の抜けた声をあげる。

*

官邸でその映像を見守っていた雨音は、ぽかんとする首相や大臣たちを置いて、ひとり静かに廊下に出た。

——なんだ、あれは。

怪獣の尻を突き破るように流れ出た水とガスは、膨れあがった巨体を元に戻しただけでなく隆起までしぼませてしまった。といっても完全に消えたわけではない。今も、イボのような赤い膨らみは残されている。おそらくすぐにまた膨張を始めるだろうが、こんな——こんな時間稼ぎを、誰が予想しただろう。

「くっ……くく」

肩をふるわせて、笑いがこみあげてくるのを、雨音は止められない。

——やってくれますね、お義兄さん。……アラタ。

特務隊と環境大臣だけに手柄を立てさせるわけには、いかなかった。はじめから雨音の関与していない計画で、すべての始末をつけられては、たまったものじゃない。だから、図面をすり替えた。

それでも、隆起爆発を防ぐだけの何かはしてくれるだろう、と期待していたのは、ブルースとアラタの実力を雨音なりに買っていたからだ。だが、まさか、こんな形で決着するとは。

放屁。つまりは、おなら。

おならで、世界は、救われた。一時的に。

「ふはっ……はははははは！」

こらえきれない笑いが、廊下に響き渡る。雨音は、よじれる腹をどうにかのばすと、まなじりに浮かんだ涙を指でぬぐった。

さて――これから、どうしてくれようか。

*

濁流がおさまったころ、兄は岩場に引っ掛かっていたところを、ヘリコプターに乗っていたアラタに発見された。

集中治療室でたくさんの管によって機械と繋がれ、包帯を巻かれて眠る兄をガラス越しに見つめながら、ユキノは今度こそ、天に祈った。神様にではない。死んだ、母にだ。

——お母さん。まだ、お兄ちゃんを連れていかないでね。

あたりまえでしょう！　と母が頬を膨らませるのが見える気がした。涼もユキノも、こっちに来るには経験が足りてなさすぎるわ。私はお父さんと久しぶりの新婚生活を満喫してるんだから、邪魔しないでよね！　と。

想像していたら、ふ、とこんなときなのに笑みが浮かんだ。

大丈夫。お兄ちゃんはきっと、大丈夫。

そう自分に言い聞かせると、ユキノは廊下に出た。待合の椅子に、アラタが座っているのを見て、ふと気が緩む。

「意識は？」

聞かれて、黙って首を横に振る。

「そうか……」

とうなだれるアラタの隣に、ユキノも腰をおろした。

アラタが自分を責めていることは、聞かなくてもわかった。

けれど、ボートに乗って、ひとりで爆弾を仕掛けに行った兄を、実際、誰も止めることはできなかっただろう。アラタがついていったところで、結果は同じだったはずだ。集中治療室のベッドに、兄とアラタが二人並んでいたかもしれないのだと、想像したただけで、ユキノはぞっとした。

兄でよかった、とは決して、思わない。

むしろ、なんて無茶をするんだ、と憤(いきどお)っていた。

けれど爆破計画はユキノの立案で、だからこそ兄は無茶をしたし、ユキノのためにアラタを置いていったのだと、なんとなく思った。もちろん、ユキノではない誰かの計画だったとしても、躊躇(ちゅうちょ)なくボートを走りださせる。それが、青島涼という男なのだ。

「……私たち、解任されるよね」

ぽつりと、ユキノはつぶやいた。

処分、されることは、さすがにないだろう。

少なくとも、隆起爆発は食い止められた。それじたいは功績と呼べるものであるはずだ。けれど、逆にいえば、あれだけ大掛かりなことをしておきながら、時間をほんのわずかに巻き戻すことしかできなかった。限界が見えた、と思われても仕方がなかった。

「おそらく。……もう、俺にできることはない」

アラタの声は、どこかさっぱりしていた。

「やけに諦めがいいのね」

ユキノは、悔しかった。

すべてうまくいくはずだったのだ。

理論上は、完璧だった。

実行する人たちもみんな、事を為すのに十分な実力と慎重さをもちあわせていたはずだった。

それなのになぜ、という苛立ちの矛先が、理不尽とわかっていてもアラタに向く。

「あなたは、いつも自分の本当の姿を見せてくれないよね」

「今度は言いがかり？」

鼻で笑うアラタに、かっとなる。

――なにも、知らないくせに。

「消えた二年の間になにがあったのよ」

三年前のあの日から、ユキノがどんな思いをしてきたか。

わけもわからず置いてきぼりにされて、帰ってきてからも何も教えてもらえなくて。私は、いったい、あなたの何だったの。愛していたのは、私だけだったの？　そんな虚しさと怒りを、ずっとひとりで抱え続けてきたユキノのことを、アラタは何も、わかっていない。

「少しは話してくれてもいいでしょう!?」

言いながら、ああそうか、とユキノは得心した。

けっきょくユキノは、自分の存在をアラタに見せつけたかっただけなのだ。

ほらね、私は役に立つでしょう？　あなたも、私がいなくちゃ困るでしょう？　だからちゃんと、こっちを見て。向きあって。全部、話して。そう、言いたかったのだ。ずっと。

「……そんな空白がある人のこと、なんで好きなんだろう？」

でもそれは、本当に、恋だろうか。……愛、なのだろうか。

アラタは黙って、立ちあがる。

「わかんないのよ……」

言葉のかけらも残さず立ち去っていくアラタの足音を聞きながら、ユキノは両手で顔を覆った。

――置いていかないで。

一緒に、背負わせてほしい。

ユキノが望むのはただ、それだけなのに。

＊

「いずれにしても、〈希望〉の死体処理に関しての指揮権は以後、国防軍に移ることになる」

言わずもがな、という口調の官房長官に、雨音は厳しく反論した。

「お言葉ですが、実際、〈希望〉の乙腐敗隆起は内圧二百キロパスカルまで縮小しています。それは特務隊の力です」

国防大臣が、薄笑いを浮かべた。

「なぜ、きみが特務の肩をもつ。土産物（みやげもの）のマリモは手で丸めてるって知ってて買うようなもんだぞ」

「そうかもしれません」

「意味わかった？」

環境大臣が驚いたようにツッコむ。わかるわけがない。だがそんなことは、どうだっていい。

「国防軍は、あの乙腐敗隆起をどうするつもりですか？」

「なに、小型ミサイルで、隆起のガス抜きをね」

「現時点では最良の方法だそうだ」

納得した様子の首相に、環境大臣は血相を変えた。

「ミサイルなんかで撃ったら、腐敗隆起から一気に銀杏ガスが噴出して、甚大な二次被害を起こすわよ」

「だから！　隆起下部に穴を開けて、広がりを最小限に抑える。ムササビを捕まえるのと同じだ」

「ムササビ？　ごめんなさいだわ」

「この際、意味なんてどうでもいい！　必要なのは結果だ」

環境大臣と国防大臣のやりとりに、誰も口を挟まない。

賛成したという言質をとられれば、問題が起きたときに責任をなすりつけられる恐れがあるからだ。

そんな腑抜けた奴らが、この国の中枢を担っているんだから、絶望するよ。

と、本音を口に出すのをこらえるように、雨音は唇を一文字に結んだ。環境大臣も国防大臣も野心ばかりが先立つ間抜けだが、それでも、みずから活路を見出そうとするだけマシだった。それ以外の連中は、官邸前で拡声器をもって叫ぶ奴らと同じだ、と雨音は思う。誰かが提示した答えに乗っかることしかできないくせに、あらさがしをして文句ばかり言う。

自分の頭で考えることを知らないから、いつだって、選択肢は目の前の一つしかないと思いこむ。

実際は、一つしかないように見せかけられている、だけなのに。

「最小限ってことは、被害はゼロではない」

首相は、渋い顔で唸った。

「国益のために多少の犠牲はやむをえない」

国防大臣は、あくまでミサイル案を強行するつもりらしかった。首相は、雨音を窺い見る。

「雨音くん、先ほどの方法は？」

「現時点ではかなり成功の確率が高い方法です。簡単に言えば、焼き肉屋の排煙の原理なんですが……」

「きみはあのとき、全面否定したんじゃなかったのか」

敷島が気色ばむ。

「いや？　科学的な精度を上げるために、いったん封印しただけです」

「捨てたふりをして再利用か。きみらしいな」

皮肉をこめて言う官房長官に、何とでも言え、と内心で言い返す。遠吠えをするしか能のない人間にどう思われても、痛くもかゆくもない。

「焼き肉屋さんかあ。ムササビよりはよさそうだな」

「方法を教えたまえ。うちでやる」

乗り気な首相に対し、焦ったように国防大臣が言う。

なりふりかまわないな、とやっぱり、表情には出さずに苦笑する。美しくはないが、その貪欲さは、雨音は嫌いじゃなかった。

だがここへきて、手柄を立てられるせっかくの機会を、熨斗をつけて譲ろうとする馬鹿はいない。

「この件に関しては私が指揮を執ります。特務隊を直属の部隊として、ミサイル等の必要な機材は国防軍の協力を得ます」

災害対策本部は、今や雨音の独壇場だった。

ぞくぞく、した。

首相すら、すでに雨音の支配下にある。

「よろしいですね、首相」

「もちろん！」

ためらいなくうなずく首相に、ぎょっとした大臣たちの視線が集中する。そのなかで、やられた、という顔で雨音を睨みつけている国防大臣が視界に入り、雨音は笑いをかみ殺した。

＊

兄は依然、目を覚まさなかったが、いつまでもそばについているわけにもいかない。できることは何もなかったが、とりあえず執務室にユキノは戻った。けれどパソコンを開くより先に、スマートフォンがぶるぶると震えた。

発信者は——アラタ。

環境大臣が一心不乱にキーボードを打ち続けているのを見ながら、トイレに行くふりをして電話に出る。

最悪なことが起きた、と簡潔に、アラタは言った。

誰にも知られないように、特務隊の研究所に来てほしい。もちろん、環境大臣にも内緒で、と。

艶(つや)めいた密会、であるはずがなかった。

すみません、兄の容態が急変したみたいで、と嘘をついて執務室を抜け出す。大臣は疑う様子もなく、快く送り出してくれた。

胸騒ぎが、した。

コンクリートに囲まれた地下の入り口で落ち合ったアラタは、このあとしまつが始まって以来、いちばんの緊張感を漂わせていた。

これ以上、最悪なことが、起きうるんだろうか？

でもこの気まずいタイミングで、ユキノを呼び出さざるを得ないというのは、よっぽどのことだ。

「私情を挟んでいる場合じゃないってことね？」

「ああ」

うなずいたアラタの先導で、廊下を速足で進む。

ヒールの音が反響するのは、コンクリートに囲まれているから、だけでなく、人気(ひとけ)が一切、ないからだった。そのことが、特務隊のなかでも限られた人間しか入ることを許されない特殊区域であることを実感させる。

重々しい扉の前で、アラタは立ち止まった。

「〈希望〉の腐敗隆起に含まれるガスは臭いだけで無害だったはずだよね」

「そうよ。厚労省の研究機関でもそれは証明済みでしょう」

「だが、常在菌にまぎれていた」

「なにが？」

「菌糸」

「菌糸？」

まさか。

静野が、まちがったデータをよこした？　それとも、あれから新たに見つかったのだろうか？

表情を険しくしたユキノが、本当に何も知らなかったことを確認したからか、アラタは扉に手をかけようとした。

けれど先に、内側から、扉が開いた。

現れたのは、環境大臣だ。

「話は聞かせてもらったよ」

言ったのか、とアラタに視線で問われ、まさか、とやはり視線で答える。

けれどどこかで、やっぱり、と思う自分がいた。兄の容態の詳細を聞くでもなく、ずいぶんあっさりと外出を許可してくれたと思ったのだ。

おそらく、アラタと電話で話すのを聞かれていたのだろう。細い身体で隙間に忍び込むのは、大臣の専売特許だ。あるいは盗聴、されていた可能性もある。

アラタは、しかたないというように首を振った。

「他言無用ですよ」

扉の中に入り、三人で用意されていた防護服に着替える。

さらに奥に進むと、「ここから先は許可必領域です」と書かれた扉が見えた。レベル4の汚染防止対策が入室者すべてに必要となります。退出後、二十四時間の行動記録ナンバーの登録が求められます。と注意が続き、これまでの比ではない警戒した雰囲気に、自然と背筋が伸びる。

案内された先には、内側から青白く発光している四角い小部屋があった。

ずいぶんと昔に、見たことがあった。隔離用の、仮設テントだ。災害が起きたとき、避難所で伝染病が発生した際、設置されていたのと似ている。

ざらり、と胸の内側を撫でられたような心地がする。

いったい、なにが、起きている。

待機していた医師が、カーテンをあける。

なかにはピンク色のもこもこした何かに覆われた、奇妙な物体がベッドに横たわっていた。

いや——人間、だ、とかろうじて認識できた。

もこもこは、全身にびっしり生えた、キノコだった。

——菌糸、って。まさか。

身体と機械が管でつながれているのは兄と同じであるはずなのに、その異形(いぎょう)さは、比較にならない。さすがの大臣も、怯えてあとずさる。

機械から心音が聞こえる、ということは、生きているらしい。

ユキノはごくりと喉を鳴らして、まじまじとその人間らしきキノコ、いや、キノコらしき人間を観察した。

よく見れば、その顔に覚えがあった。要注意人物としてマークされていた、YouTuberの武庫川電気(むこがわでんき)だ。額に、トレードマークの文様の名残(なごり)も見える。ずいぶん、薄れてはいるけれど。

——そういうことか。

おそらく彼は、なんらかの手段で特務隊の目をかいくぐり、立ち入り禁止区域に潜伏していたのだろう。ユキノよりもずっと近い場所から〈希望〉を観察し、世紀の瞬間を映像におさめようとしたに違いない。そして、肛門から噴き出したガスを浴びるか、粘液にまみれるか、してしまったのだろう。

再生回数を稼ぐためにそこまでする度胸は買うが、さすがのユキノも、愚かだ、としか言いようがなかった。

「このことを知ってるのは？」

環境大臣の声は、うわずっている。

「我々を含めてごく一部です」

「ねえ、私は大丈夫かしら？」

ユキノは、はっとする。

そうだ。大臣は、怪獣の傷跡に頭から突き刺さったのだ。武庫川の担当医が、おそるおそる聞く。

「なにか身体に変化は？」

「今のところは何も……」

「耐性か……大臣、細胞を調べさせてください」

「え？　私はサイボーグじゃないわよ」

「大臣、もう、けっこうです」

ユキノは、鋭い声で間に割って入った。

ときどき大臣は、本気なのか冗談なのか、判別がつかない態度をとる。茶化すことで怯えをごまかそうとしているのかもしれないけれど。

ユキノは、スマートフォンで武庫川の全身を撮影した。

「データは最上級の国家機密だからね」

「わかっています」

武庫川の身体はときどき、びくりと痙攣する。

そのたび、ゆらゆらと揺れるキノコが妙に幻想的で、美しいのがかえっておそろしさを増した。

ふと環境大臣が、身体の中央にゆらめく物体を指さす。

「ひとつ聞いていい？ なんでそのキノコだけ種類がちがうの？」

「あ、大臣。それはキノコではありません」

なんとなく凝視するのが申し訳なくて、ユキノはそっと、目を伏せた。

環境大臣は「じゃあ何……」とつぶやいたあと、さすがに気がついたようで、やっぱり気まずそうに目をそらす。

好奇心は猫をも殺すとはよく言ったものだった。愚かで、そして、自業自得以外の何物でもない。

けれどそれでも、武庫川の無惨な姿に、ユキノは憐れみを覚えた。

そして改めて、背筋に悪寒が走る。

――もし隆起が爆発して、ガスが流れ出したら。

想像を、口にすることすら、はばかられる。

まさに絶体絶命の、大ピンチだった。


首相の執務室で、武庫川の写真が、モニターにでかでかと映し出される。

その異様な姿に、首相はカエルが踏み潰されたような声をあげた。

計画の中止をユキノが進言すると、さらに悲痛なうめきが漏れた。

「中止って……いまさら、そういうわけにもいかないだろう？」

「じゃあ、首相は半径十五キロ圏内がキノコだらけになってもかまわないんですか？」

「いいじゃないか、キノコくらい」

鍋にして食べちゃえば、なんて言いかねない首相の呑気な態度に、失礼を承知でユキノは深いため息をつく。

「お言葉ですが、キノコは一度増殖をはじめると、信じられない勢いで拡散します。事は十五キロ圏内ではおさまらなくなりますよ」

「人も動物も土地もすべてがキノコだらけになる」

環境大臣も、援護射撃をする。

「銀杏の次はキノコか……うちは居酒屋か」

首相のぼやきに、大臣は思わず噴き出した。

が、肝心の首相は笑わない。

「余計なことはいいんですよ」

たしなめるように言われ、大臣は心外だというように「ほんとですよ」と真顔で応じる。

同席していた夫の正彦は、ずっと黙っていた。

その横顔からは、なにを考えているのか、読みとれない。

「いずれにしろ、止められないよ。国防省も抑えがきかない」

「国防大臣は実績が欲しいだけですよ」

また無益な論議が始まった、と今度はこっそり息を吐く。

建前やメンツを気にしていたら、このあとしまつはいつまでたっても、終わらない。不遜を承知で口を挟もうかと、迷ってユキノは顔をあげて――。

息をのんだ。

大臣の首筋に、何かが生えている。

――嘘。

モニターの武庫川と、大臣の首筋を見比べる。

色と大きさはずいぶんと、違うようだけど、形はまるきり、同じだった。

真っ赤な、ちいさな、かわいい、キノコ。

「首相、今の状況では誰にキノコが生えても……たっ」

考えるより先に、ユキノはそれをむしりとっていた。

違和感を覚えたのか、大臣がふりむく。

「なに？」

「いえ、なんでもありません」

背中に、キノコを隠す。

武庫川に生えているそれがピンク色に見えたのは、照明のせいだったのだろう。実際はこんなにも赤かったんだ。なんて種類なんだろう、食べられるのかな。食べたらやっぱり、内側から繁殖しちゃうのかな。なんてどうでもいいことばかりが、頭のなかを駆け巡る。

そのとき、モニターを見ていた首相が、素っ頓狂(すっとんきょう)な声をあげた。

「あれ？　あのキノコだけ種類がちがうな？」

環境大臣は、目を伏せた。

かわりに、ユキノが答える。

「……首相、あれはキノコじゃございません」

「じゃあ、なんだ？」

助けを求めるように夫を見ると、やっぱり目をそらされる。

——こんなときに、どいつもこいつも！

ユキノは内心を押し殺し、ごまかすような笑みを浮かべた。


一度、自宅に戻ることになり、久しぶりに夫と二人きりになった。

タクシーの中でも、ほとんど会話はなかったが、なぜか気まずさは感じなかった。

夫がどう思っているか知らないが、昔からユキノは、夫の無口がきらいではない。必要以上にいかめしい面構えをつくり、誰にも隙を見せないように、常に胸を張ってみせる。そんな夫が、自分の隣でだけはわずかに気を緩めているのを気配で察するだけで、嬉しくなった。

——今も。

緊張感は消えないけれど、二人きりになったとたん、夫がまとう空気が首相の秘書官のものではなく、雨音正彦という一人の男のものになったのを感じる。この人の、この横顔を知っているのは、私だけ。そんな優越を感じることがあるなんて、と一緒に過ごすようになってから、ユキノは自分自身にひどく驚いたものだった。

アラタと一緒にいるときは、それがなかった。

たぶん彼がいつまでも、ユキノに一線を引いていたからだと思う。

そんなことない、と彼は言うだろうけど、少なくともユキノはそう感じていた。だから三年前、消えてしまったときも、どこかで、ああやっぱり、と思ってしまったのだ。結婚しようと言ってくれてはいたけど、彼はいつも、ここではないどこか遠くを見つめていた。一緒にいて楽しかったし、幸せを感じてはいたけれど、でも、ユキノはいつも、不安だった。

彼は、特務隊なんて枠におさまりきるような器じゃない。いつか、ユキノを置いてどこかへ旅立ってしまうのではないかと。

決して、激しく奔放な性格ではなかった。むしろ穏やかで、感情的になるところなんて見たことがなくて、そばにいるだけでほっとした。でも、どこかつかみどころがなく、誰のものにもならない不思議な浮遊感があった。

そういう意味で、アラタは、兄にとてもよく似ていたような気がする。それが、ユキノがアラタを好きになった最初のきっかけだったかもしれない。

自室に戻り、特務隊の制服に着替えた夫を見て、ユキノは微笑んだ。

「懐かしい……姿ね」

これから陣頭指揮を執ることになる夫が誇らしかった。

少し、腹回りがきつそうだな、と思ったけれど、それすら結婚生活の証のようで、ユキノは愛おしく思った。

特務隊をやめてからもトレーニングは続けていたとはいえ、業務は大きく異なる。義足では無理もきかない。体重は変わっていないと言っていたけど、筋肉が少し落ちているのかもしれない。すべてが終わったら、食生活を一緒に見直してみるのもいいだろう。ユキノも、近ごろでは一度ついた肉が落ちにくくなっている。

けれどそんな夢想は、正彦の醒めた声にかき消される。

「皮肉なものだな。特務を捨てたはずの私が……」

「捨てた？」

捨てざるを得なかった、の間違いでは？

ユキノの声が、わずかに尖った。

「でもあのときは……私のミスで」

そもそもユキノがあんな無茶なハンドルの切り方をしなければ。

そもそも正彦の制止も聞かず、訓練所を飛び出したりしなければ。

敷島の右腕になっていたのは、正彦だったかもしれない。

そんな後悔が表情に浮かんだからか、正彦は口元を歪めた。笑おうとしているのだと、一呼吸おいて、わかった。

「まだ負い目を感じているのか」

正彦はソファに座って、ため息をつく。

「私と結婚したのも贖罪の気持ちからだろう？」

「……そんな」

そんなふうに、思っていたなんて。

ユキノは、言葉を失った。

ちがう、と言いたかったけれど、その言葉を夫が拒絶していることは空気でわかった。どれだけ強く主張したところで、信じようとしないだろうということも。

——わかってるの？

そんな言い方をするなら、こちらにだって言いたいことはある。

ユキノは、下唇を噛んだ。

たしかにユキノは、アラタを忘れることができなかった。いつも胸の片隅に、彼への想いがくすぶっていた。だけど、それは、あなたが私を疑い続けたからでもあるのよ、と言葉にせず、ユキノは叫ぶ。本当はアラタのことを待っているんだろう、アラタと結婚したかったんだろうと、夫が疑い続けていることは知っていた。あまりに唐突で理不尽な別れだったから、そう思うのも無理はないとユキノも諦めていた。だから。

だからこそ、ずっと、できるだけの誠意で、正彦に尽くしてきたのに。

——あのときも。

一年前、アラタが唐突に帰ってきたとき。

会いに行けばいい、とものわかりがいいように言った夫に、ユキノは腹が立った。会わないでくれ、ずっと俺のそばにいてくれって言ってくれるんじゃないかと期待していたから。

そんなふうに……懸命に、つなぎとめようとしてくれていたなら、何か変わっていたかもしれないと、どうにもならないことを想う。

——言い訳、ね。

再会して、けっきょくアラタに心を奪われてしまった自分を、正当化しようとしているだけなのはわかっている。それでも、責任転嫁せずにはいられなかった。あなたが、あのとき、止めてくれていたら。

すべて、いまさらだった。

怪獣の隆起が膨らみ続けているように。

一度、育ち始めてしまった想いは、止められない。今、ユキノの心は、アラタのもとにある。——正彦が、望んだとおりに。

夫は話題を変えるように、立ちあがった。

「それより、気になっていることがある。アラタは……」

「アラタが、どうかした？」

「あのとき、なぜ、アラタは光の中に消えたのか。なぜ、二年後、無事に帰ってきたのか」

それは、ユキノもずっと気になっていたことだ。……きっと、アラタに関わる、誰もが今も、気にし続けている。

同時に、あの光をまのあたりにしたユキノと正彦は、同じ疑問を抱き続けていたはずだ。

怪獣の命を奪ったあの光の球と、アラタを呑み込んだ光は、まったくの別物だったのだろうか。

あの光は、いったいなんだったのだろう？

「アラタの埋まらない時間……あなたは何か知ってるの？」

正彦は、先ほどまでの苛立ちを消し、うってかわったように、凪のように穏やかな瞳で、ユキノを見つめた。

「選ばれし者」

「選ばれし者……？」

「きみも、噂くらいは聞いたことがあるだろう」

「それって……」

「いま、言えるのはそこまでだ」

そう言って、それ以上の詮索を拒絶するように、正彦は再び、自室に戻った。

ユキノは、正彦の言葉を、頭のなかで反芻する。

そして、記憶に鮮明に焼きついている、あの光の姿を。

——そんな、まさか。

ありえるのだろうか、そんなことが。信じられない。……そうだとしたら、いろんなことの辻褄があうのは確かだ、けれど。

信じたくない。

信じない。この目で、すべてを確かめるまでは。

ユキノは、深く息を吸った。

いずれにせよ、見届けるしかないのだと、肚に力を込めて、覚悟を決める。

*

言ってしまった、と雨音は自己嫌悪に苛まれていた。

あんな、未練がましいセリフを口にするつもりじゃ、なかった。ユキノが昔も今もアラタだけを愛していることは最初からわかっていたことだし、覚悟もしていたはずだった。川沿いの、あのカフェレストランに、ユキノがアラタを連れてやってくるのを見たときから。

あの店のマスターと雨音は通じている。監視カメラは、雨音のパソコンとつながっている。何を話しているのかまではわからなかったが、二人が仲睦(むつ)まじく笑いあっているのは、知らせを受けて、映像で確認した。

三年前と、同じだった。

二人は変わらず、よく似合っていた。雨音なんかよりも、ずっと。

舌打ちをする。

こんな制服に袖を通したせいだ、と雨音は制服のすそを握りしめた。捨ててきたはずの感傷が、のこのこと舞い戻ってきやがった。今の雨音には、自分の立場を確立することと、そしてあれの正体をはっきりさせること以外、興味はないし持つべきでもないというのに。

呼吸を、整える。

武庫川を検査しているのとはまた違う研究所で、雨音に報告をしているのは犬神博士だ。彼には、首相にも内緒で、光球の解析を進めてもらっていた。

「新事実？」

考え事をしていたことを悟られぬよう、聞き返した雨音に、犬神博士は興奮したようにうなずく。

「ええ。あの強烈な光の中心に、明るさの違う領域が」

「……簡単にいうと、影か？」

「問題は、その形です」

研究所の正面入り口から、動く歩道に連れられ、二人はセキュリティポイントに到着した。

「その形から、光の中心部に何があるのか、判断できるのか？」

警備員が見張るなか、セキュリティスキャンを受ける雨音を、博士は思わせぶりに見つめる。

「ええ。あなたにも見覚えがあるはずです」

そのとき、ビービーと不穏な警告音が鳴った。

警備員と、博士の顔が一瞬でこわばる。

けれど雨音は、こともなげにズボンのすそをめくった。

「おそらく、これだ」

右足のかわりである、高性能の義足。

失礼しました、と警備員が身を引くのを見ながら、この義足に武器をしこんでおけばたいていのセキュリティポイントは素通りできるだろうな、と雨音は思った。もちろん、精密に検査されればすぐにバレることだけど、信頼の貯蓄というのはこういうときに、役に立つ。

——あいつも。

検査されたはずだ、何度も。

それでも特務隊に戻ってこられたのはやはり、彼にも人並み以上の貯蓄があったからだろう。けれど雨音の義足のように、見逃されている何かが、あるかもしれない。

——なにを、考えている。

これから彼は、いったいどうするつもりなのか。

キノコの脅威と戦いながら、すべてのあとしまつをどうつけるのか。

たぶんこれは、雨音にとって、個人的なあとしまつでもあるのだと、不意に思いつく。ならば、お手並み拝見といこうじゃないかと、雨音は不敵に笑う。

未練も感傷もすべて断ち切るために、もてる武器はすべて使って立ち向かおう。その相手が怪獣なのか、アラタなのか——今はまだ、わからない。

＊

省庁に戻る前に、ユキノは長らく訪れていなかった実家へと立ち寄った。

電気は、通っていた。ずいぶん前に兄が設置した自家製の風力発電機が、今も生きていたから。

だから、というわけでもないだろうが、ずっと留守にしていたというのに、部屋に埃っぽさはなく、主(あるじ)を失った家特有の冷たさもない。もしかしたら兄は、ときどきこっそり戻ってきていたのかもしれないな、と思った。ユキノには、思い出が深すぎて、なかなか足を向けられなかったけれど。ひとたび帰ってきてしまえば、緊張の糸が切れて、甘えた気持ちに呑み込まれてしまうような気がしていたから。

ユキノは、泣きたくなかった。

どうにもならないことに縋(すが)って、わめきたくなんてなかった。

でも、もう、限界だった。もういない母に会いたくなって、ユキノは、実家に帰ってきた。

ベイエリアの高層マンションとは正反対の、山の中腹にたたずむ平屋。庭に出れば、今の自宅と同じように遮るものはなにもない絶景を目にすることができるが、呼吸のしやすさがまるで違う。涼やかな風が頬を撫で、鳥の鳴き声がするその場所には、上も下もない。ただ、大地を踏みしめて立つ、自分があるだけだ。

そうか、自分はずっと息苦しかったんだ、とユキノは思う。

幸せになれると信じて選んだはずの結婚も。

自分の気持ちに蓋をして、がむしゃらに前に進み続けるだけの日々も。

「ねえ、お母さん。……私、どうすればいいと思う？」

フォトフレームに飾られた、母と兄と三人で撮った写真を手にとる。

このころのユキノは、なんの屈託もなく笑っていた。兄も、つかみどころのない性格ではあったけれど、いるだけで「まあ、いっか。どうにかなるか」と安心させてくれる、太陽のようなあたたかさをふりまいていた。

兄は、まだ目を覚まさない。

お母さんも、どこにもいない。

フォトフレームのガラスに映った自分が、写真の自分に重なる。

私、いつのまにかこんなに怖い顔するようになっちゃった。と、自嘲気味に笑う。

どうしよう。どうすればよかったんだろう。と泣きだしそうになるのをこらえる。

アラタのことも、夫のことも、傷つけたくなんてなかった。ただ、幸せな生活を一緒に続けていたかっただけだ。それが叶わないなら、せめて知りたかった。どうしてこんなことになってしまったのかを。

そのとき、庭からオートバイの止まる音がした。聞き覚えのある、特徴のあるエンジン音。

ユキノは、縁側に飛び出した。

そこにはアラタが、夕陽を背負って立っていた。

特務隊の制服を着ている彼の姿がまぶしくて、ユキノは目を細める。一瞬、錯覚する。あの日、母と兄に挨拶するために実家を訪れてくれた、あのときに戻れたんじゃないのかと。

けれどアラタは、にこりともせずに無言で、庭のログテーブルに図面らしきものを広げた。

仕事の話をしに来たのだ。そっか、そりゃそうだよね、とユキノは表情を引き締め、図面を覗きこむ。

「これは？」

「きみの兄さんがつくった爆薬をしかけるポイントの図面だ」

ダムの壁面に、じゃない。〈希望〉の隆起に、だ。

爆破計画がうまくいかなかったときのために、兄は、そこまで考えてくれていたらしいということは、正彦からも聞かされていた。

「同じ情報をもとに、雨音は国防軍のミサイルで三ヵ所に穿孔すると」

けれどアラタは、

「それじゃ、だめなんだ」

夕陽を眺めながら——ユキノに背を向けながら、冷たく言い放った。

「乙腐敗隆起の正確な位置に穴を開けないと、八見雲さんの言う、上昇気流は生まれない」

ミサイルでは、爆発が大きすぎるということだ。

「でも、雨音はやる気よ」

「止められるか?」

アラタはふりかえった。

「このままだと大量の帰宅困難者が出る」

それで済めば、まだマシだった。

ガスが上昇せず横に広がり、わずかでも浴びてしまえば、身体から、土地から、建物から、キノコが生え続けてしまう。

もちろん、死体近くで待機しているZビレッジ——特務隊の面々も、対応にあたる国防軍も、それを見守る大臣たちも、みんな。

「……わかったわ」

強く答えると、アラタがかすかに微笑んだ、ような気がした。

先ほどまでは逆光で見えづらかった表情が、今は、陽が沈みかけているせいで薄暗くて何も見えない。

「……約束をしにきた」

カタカタと、庭に立つ発電機の風車のまわる音が、穏やかに響く。

「ユキノ。……今度のことが終わったら、すべてを話すつもりだ。なぜ、あのとき僕が消えたのか」

「すべて……」

ずっとその約束がほしかった、はずなのに。

なぜだろう。心は、ちっとも、弾まなかった。

ユキノが知りたかったのは、そうすればすべてにケリがつくと思っていたからだ。

新しく、関係を築きなおせるはずだと、信じていたから。

――だけど、そんなことは、ありえない。

起きてしまった出来事は、なかったことにならないし、何もかもスッキリ解決すると夢を見るのは、ただの逃避だ。

秘密の暴露は、終わりのはじまり。

ユキノは、アラタの隣に並んだ。

「ねえ、アラタ。きっと、お別れに来たのよね」

アラタが笑う、気配がした。

正しく気持ちを伝えるための、言葉を慎重に探している、ような。

「そんなことは、ない。ただ……」

ユキノは黙って、続きを待つ。

「幸せは希望の向こう側にある、……と、思う」

嘘を言っている様子は、なかった。

言えないことは、たくさんある。ユキノが踏み込むことのできない領域も、いまだに。けれどそのなかでも、最大限の誠意をもって、アラタが正直であろうとしているのが伝わってきた。

ユキノは、まなじりに涙がにじむのを感じた。

――私は、真実が知りたかった、わけじゃない。

こうして、アラタと話がしたかった。ずっとそれだけをただ願っていたのだと気づいて、胸が詰まる。

だからユキノも、誠意で返そうと、アラタを見つめた。

「私のことは気にしないで。……希望の向こう側で、待ってるから」

アラタを信じて、無事を願うことに変わりはない。

そしてユキノが、自分にしかできない役目を、果たすだけだということも。


早朝、環境省の執務室に入ると、誰もいないのを確認して、ユキノはパソコンを開いた。

画面には、最上級の国家機密だからね、と環境大臣が念をおした、武庫川の写真。

その隣に書かれた、「〈希望〉の腐敗隆起から出たガスを浴びた被害者」の文字。

ためらわなかった、といえば、嘘になる。

むしろ、これまで費やしてきた時間と努力、そしてこれから起きる騒ぎを想像するとおそろしくてたまらなかった。ユキノの能力を買ってくれていた環境大臣や首相、そして夫の顔が歪むのを想像すれば、胸も痛む。

けれど。

特務隊に入隊した、はじまりの日に抱いた想いを――なにがあっても国を、国民を守るのだという誓いを思い出すと、胸が熱くなって、奮い立たされるような気がした。——私は、間違っていない。

アップロード、と書かれた画面のボタンを、クリックする。

二十%。……四十五%。……七十八%。

じわじわと数値があがっていく。

二、三分のことなのに、永遠のように感じられた。

やがて、完了という文字が画面に浮かび、ユキノはパソコンを閉じて、立ちあがった。

大臣のデスクに辞表を置いて、黙って部屋を出る。

後悔は、微塵もなかった。

次に向かうは、Zビレッジの特設司令部。……正彦の、いるところだ。

*

——やっぱり来たか。

特設司令部にユキノが飛び込んでくるのを見たとき、雨音はなぜだか、安心してしまった。

アラタに、何か言われたのだろう。

ブルースの図面をもって、ユキノより先に押しかけてきたアラタは、ミサイルによる隆起爆破を中止しろと雨音に詰め寄った。八見雲の言うことを、きみもあの場で聞いていただろう、ミサイルじゃ規模が大きすぎる。この国をキノコまみれにするつもりなのか、と。

聞いていた、もちろん。理解も、していた。

けれどブルースは、いない。集中治療室でいまだ、昏睡状態だ。いくら正確な図面があっても、すぐれた穿孔技術と爆破タイミングを絶妙に見計らうセンス、そして現場を指揮する能力がなければ、計画は実行できない。ブルースなしで事を進めるのと、ミサイルでの処理を実行するのとでは、後者のほうがまだ可能性がある、と雨音は判断したままでだった。

ベストではなくベターを選択し続けることが、結果的によりよい未来を導くのだと、雨音は身に沁みて知っている。

「雨音さん、作戦をいったん中止にして！」

職場だから、あなたでもなく正彦さんでもなく、雨音さんと呼ぶ。

その響きが妙にくすぐったかった、時期もあった。

今は、感情はちっとも動かない。

むしろ、彼女の背後にアラタがいるのだと思うと、決意は強く後押しされた。

「なにしにきた」

冷たく聞くと、ユキノはアラタがそうしたように、雨音に詰め寄る。

「今のままではうまくいかないわ。正確に穿孔しないと」

やっぱり、アラタと同じことを言う。

雨音は、とりあわなかった。

「ミサイル精度はミリ単位だ」

「あなたは、八見雲案を否定してたじゃない！」

「八見雲案をもとにしているが、富岳を使い、再計算を行ったうえでのミサイル制御だ。もはや、別物だよ」

「内圧、三百五十キロパスカル！」

データ解析している国防軍の科学班から、声が飛ぶ。

ユキノの額には、汗がにじんでいた。

こんなにも彼女が焦りを前面に出すのは珍しく、だからこそ、痛快だった。

「腐敗隆起爆発は約五百五十キロパスカル。まだ、時間はあるはずよ」

「ユキノ。……後戻りはできないということだ」

諭(さと)すように言う雨音に、もはや誰からも干渉されるつもりはないと気づいたのか、ユキノの顔色に絶望がまじる。

　ところがそのとき、無線が不穏に、ザザッと揺れた。

「……なに？」

　声色の変化に、ユキノがふりかえるけれど、雨音は無表情を貫いた。

〈希望〉から十五キロ圏内で、封鎖のために警備をしていた国防軍の小隊が、のきなみ逃げ出しているという報告が耳元で響く。

　まさか、と雨音は、スマートフォンをとりだした。

　ニュースサイトのトップ画面に「怪獣〈希望〉体液汚染で全身キノコ　機密映像流出　政府が危険性隠蔽(いんぺい)か？」という文字が煽情(せんじょう)的に躍っている。

　サムネイルにはあの、青白い光を放射された全身キノコだらけの、武庫川の写真が映し出されている。

　――やってくれたな。

　モニターを凝視しているユキノの背中を、睨みつける。

　けれどすぐに、咳払いして表情を戻した。

たいしたことでは、なかった。

ニュースのおかげで民間人が侵入するおそれは、格段に減った。ということは、警備がいなくなったところで、なんら問題はない。

ユキノに言ったとおりだ。今さら、どうしたって、後戻りはできない。突き進むよりほかはないのだ。

雨音も、モニターに映る〈希望〉を凝視した。いったんしぼんだはずの隆起は、すでに倍以上の大きさにふくれあがっている。上部は表皮がはがれおち、赤黒い内膜がグロテスクに露出していた。

「〈希望〉の乙腐敗隆起、内圧四百キロパスカルを超えました」

報告を受け、部屋全体に響き渡る声で、雨音は言う。

「ミサイル照準、乙腐敗隆起下部、穿孔ポイント」

モニターの照準が、隆起を狙う。

気がかりなのは、上部とちがって下部は、いまだ外皮に覆われていることだった。

生きているときは、銃撃もミサイルも何もかもはねかえし、仲間の命を奪っていった、鋼鉄の外皮。穿孔位置以上に気がかりではあったが、内圧の上昇とともにはがれてくれるだろう、なんて根拠のない期待を抱くほど雨音も呑気(のんき)ではなかった。

それでもやるしかないのだと、覚悟を決めているだけだ。

見ていろよ、ユキノ。この俺が、成功させるんだ。

雨音は、ユキノをふりかえった。逃げ出すかと思っていたが、彼女は微動だにすることなく、じっと挑むようにモニターを見据えていた。

もし彼女の全身からキノコが生えたなら——それはそれできっと、妖艶で美しいだろうなと、縁起でもないことを考えながら、雨音はそのときが来るのを待つ。

*

キノコ化現象を知らされていなかった大臣たちはみな、ニュースサイトを見ると一斉に首相官邸の災害対策本部を飛び出していった。

対策を練る、なんて言っていたが半分以上はすでに脱出の準備を始めているだろう。〈希望〉の横たわる河川敷から首相官邸まではずいぶんと距離がある。ここがだめなら、日本中どこにいたって、だめだ。環境大臣の蓮佛紗百合は、妙に達観した頭でそう思った。

怖くは、なかった。

　自分がすでに菌糸に汚染されているから、かもしれない。今朝、なんだかむずむずすると思っていたら、腋毛(わきげ)にまざって小さなキノコが生えていた。引っ張ったらすぐに抜けたけれど、ピンセットで毛を抜くのと同程度には刺激がある。そして思い出した。キノコのことを首相に最初に報告したとき、首筋に違和感が走ったことを。あのときもきっと、キノコが生えていたのだろう。ユキノが、気づかれないよう抜いてくれたのに違いない。

　こんなのはもぐらたたきのようなもので、いったん発症すれば、そこかしこから湧いて出る。

　せめて人目に付くところはこまめにチェックしよう、と蓮佛は朝から何度も鏡をチェックしてはキノコを引っこ抜いた。その刺激は、ちょっとクセになるもので、蓮佛は隠すために抜いているのか、抜く瞬間の快感を求めているのか、途中でわからなくなった。

　鏡を見るたび全身をチェックしていればあやしまれるだろうと、ポーズをとって遊んでいるふりをしていたら、こんな時に何をやっているんですかと他の大臣に呆れられたが、この一大事に真っ先に逃げ出そうとするあんたたちのほうがなにやってんだよ、と、今は蓮佛のほうが鼻で笑う。

一人にしてくれ、と首相が言うので、しかたなく戻った執務室のデスクに、ユキノの辞表が置かれていた。

やっぱり、と自然、笑みが浮かんだ。

情報のリークなんて真似をするのは、彼女しか考えられない。信頼していない、からではなかった。むしろ彼女の正義感と誠実さを誰より信頼し続けてきた蓮佛だからこそ、どこかで彼女が行動に出てくれることを願っていたのだと、辞表を見た瞬間、気づいた。

――それでこそ、私の秘書。

すぐに、首相からの呼び出しがかかり、蓮佛は辞表を引き出しにしまって、鍵をかけた。受理するかどうかはあとで考えよう。すべてが終わったあとも大臣の座についていられるならば、彼女は、蓮佛にとって必要な存在となる。

「お呼びですか？」

なにをしていたのか、汗だくになって部屋を出ていく官房長官と入れ替わりに、対策本部へと戻る。

首相はズボンのポケットに手を突っ込んだまま、ＳＮＳの投稿がモニターに映し出されるのを、眺めていた。

キノコ、の関連ワードでひっかかる投稿は、キノコと同じように、一秒ごとに増殖し、日本中が不安で埋め尽くされていくのがわかった。

「こうなるって、知ってましたよね」

半笑いで問う首相は、落ち着いていた。

あまりの手に負えなさに、怒ったり焦ったりする気力が湧かないだけかもしれないが、その老獪な面構えをみれば、すべてを投げ出したわけではないことは伝わってくる。みずから道化役を買って出ることも多い首相だけれど、こういうところが、トップに立つことのできた所以なのだと、その貫禄にあらためて感服した。

だから蓮佛も、堂々と胸を張って答える。

「もちろん、リークもひとつの手段かと」

聞こえたのか、国防大臣が足を踏み鳴らして怒鳴り込んできた。

「あんたのせいで我が国はめちゃくちゃですよ！」

それに比べてこいつはなんて小物なんだ。

と、つかみかかってきた国防大臣を、蓮佛は相手の力を利用して、思いきり投げ飛ばした。巨体に激突された机は、脚を折って大臣とともに崩れ落ちる。やべ、やりすぎた、と内心舌を出すも、慌てているのは部屋の隅にいたらしい存在感のない財務大臣だけで、首相は国防大臣を一瞥もしない。SNSの荒波を泳ぎながら、何かをじっと考え込んでいる。

やがてモニターから目を離すと、首相は蓮佛をふりかえった。

「ほっといても、普通に爆発する。今は、やる理由を見つけようかね」

何もしない、ことが最善という可能性も、大いにあった。

雨音の案を強行して、ガスがより広範囲にばらまかれてしまったら、首相は今度こそ、終わりだ。

けれど、それでも、希望の光を諦めようとしない首相の姿に、蓮佛の頭は、自然と垂れた。

*

撤退していく国防軍のトラックを見送りながら、アラタはタブレットでニュースサイトを確認し、ユキノが何をしたかを知った。

「ありがとう、ユキノ」

無意識に、愛しさとともに、口からこぼれでていた。

あんなに、傷つけたのに。

ユキノはアラタを、信じてくれた。

次に会ったら謝らなきゃ、と思う。僕のことを待っていたわけでもないくせに、なんて暴言を吐いたのは、薬指に光る指輪を見て、思いのほか動揺してしまったせいだと。

消えていた二年間、片時もユキノのことを忘れなかった、とは言わない。むしろ、待っていてくれなくていいと思っていた。僕も忘れるから、きみも僕のことを忘れて。たぶん、僕たちはもう、二度と同じ未来を歩めない。そう、覚悟していた。

だから指輪は、アラタの望んだ結果でもあるのだ。

それなのに、腹が立った。相手が雨音正彦だと聞かされたときはなおのこと、むしゃくしゃした。

雨音？　きまじめだけがとりえで、冗談のひとつも通じない、あの雨音？　そりゃあ、頭はキレるかもしれない。将来も、アラタよりは有望だろう。首相の秘書官？　はっ、出世したもんだ！　でも本当にそいつは、僕よりユキノにふさわしいのか？　ユキノを本当に幸せにしてくれるのか？　ベイエリアの高層マンションがなんだよ。ユキノはもともと、実家の裏手にある山を駆けまわっていた野生児じゃないか！

そんなみっともない嫉妬は、一晩で封印した。

比較するまでもない。雨音と結婚したほうが、僕といるよりも、ずっと幸せになれるにちがいない。空白の二年間、彼女を支え続けてくれたのも雨音なんだから。そんなことはとうに、納得していた。だから、距離を詰めてくるユキノにも苛立った。お願いだからこれ以上、僕をかき乱さないでくれ、と。

だから、ちゃんと伝えようと思った。

僕はきみを愛していた。話せないことも、共有できないことも、たくさんあったけれど、それでも、きみを誰より大切に想っていたのだと。

告げることが、彼女を解放することにつながるはずだと、思うから。

ユキノのアラタに向ける想いは、愛ではなくたぶん、執着だ。相手の存在にしがみついてしまう執着は、誰のことも幸せにしない。お別れに来たのよね、とユキノは言っていたけれど、三年前、別れていたはずの自分たちに、今度こそケジメをつけようと思ったのは確かだった。

そのために。

まずは、怪獣だ。〈希望〉という名の、人類の絶望を、どうにか葬り去らなきゃいけない。

防毒マスクをつけて、アラタは〈希望〉の上に降り立った。

いやがるパイロットをむりやり脅しつけて、ヘリコプターで運んでもらった。三本の、穿孔排気爆弾とともに。

鉛筆のように細長く、先を尖らせた爆弾を発射装置にはめ込んだそれは、ミツハダム爆破計画を実行する少し前にブルースから託されたものだ。

「もし、このダムバスターを使うはめになったら、お前はその穿孔排気ランチャーで、八見雲の指示どおり、腐敗隆起に穴を開けろ」

ブルースは、先の先まで、見通していた。

負けを予測して憂うのは負け犬の習性だ、なんて言っていたけれど。

己を決して過信せず、あらゆる事態に対応できる備えを油断なく施しておく。それが、ブルースという男だった。

「使い方と正確な位置は、これだ」

と言われ、一緒に渡されたARゴーグルを、アラタは装着する。

ボートに乗せたバックアップ爆弾とともに、ブルースは海に沈んだ。そして、ちゃんと生きて、帰ってきた。今度は、アラタの番だ。

——お前はもう一つの方を準備しろ!

そう叫んだブルースの、最後の命令を、まっとうしなくてはいけない。そうでなければ彼が目を覚ましたときに、あわせる顔がない。ユキノに愛していただなんて、言えるはずもない。

「ブルースさん、あなたの腕を信頼してるよ」

ゴーグルのスイッチを押すと、怪獣の外皮のうえに、爆弾を仕掛けるべき正確なポイントと爆弾を差し込む角度が示される。

ランチャーをひとつ担いで、アラタは最初のポイントに向かって走り出した。環境大臣のようにすべって転がり落ちないように、足元には十分気をつけながら。

一ヵ所目は、隆起の下部。

遠目からは外皮に覆われていて、太刀打ちできないように見えたが、よく見れば表皮の一部がさけ、薄い内膜がむきだしになっていた。

――これなら、いける。

慎重に、爆弾を指示角度どおりに差し込み、引き金をひく。

炸薬が爆発して、爆弾は怪獣の内部へと侵入した。

さらにもう一度、引き金をひく。

続けて、もう一度。

その瞬間、爆弾後部の噴出口の蓋が炸薬で吹き飛んだ。爆弾そのものが筒の役割を果たし、隆起内部のガスが外に流れ出る。渦を巻くように上空に吹きあがるのを見て、アラタはほうっと息を吐いた。

八見雲の、言ったとおりだ。

ブルースの計算どおりにあと二ヵ所に穿孔すれば、ガスを成層圏まで送ることができる。誰も、危険に晒すことなく。

額から流れ落ちる汗を、ぬぐう。

手袋の内側も、制服の下も、ぐっしょりと濡れていた。視界が曇らないよう、ランチャーに触れる手がすべらないよう気をつけながら、アラタは二つ目のランチャーを担いで、第二のポイントへと急ぐ。

＊

〈希望〉の上に、アラタがいる。

気づいて、ユキノは悲鳴をあげた。助けを求めるように正彦を見ると、さすがに驚いたようだったけれど、計画を中断する気配はなかった。

「内圧、四百五十キロパスカル」

報告を耳にしたとたん、考えるより先に、走り出していた。

止めてあったアラタのオートバイにまたがる。パンツスーツにしておいてよかった、とヘルメットをかぶったとき、椚の運転するジープがゲートからこちらへ向かってやってきた。

「アラタさんが〈希望〉の下部に！」

「ミサイルの発射をやめさせないと！」

一言ずつかわしただけで、想いは通じた。二人はうなずき、出せる限りのスピードで〈希望〉に向かう。正確には、〈希望〉の死体付近で待機しているはずの、ミサイル発射部隊のもとへ。

けれど辿りつく前に、オートバイに備え付けられた無線から、首相がミサイル発射許可を出したことが告げられた。

——そんな。

国益のために多少の犠牲はやむをえない。国防大臣の口癖だ。怪獣が生きていたころは、大臣以外もみんなが、自分自身に言い聞かせるように口にしていた。ユキノも、忸怩たる思いをいだきながらも、やむをえない、と見過ごしてしまった犠牲があった。

それがどんなに重たい言葉だったのか、身をもって思い知る。

いまさら、だ。すべて。

でも、今からだって取り返しのつくことはあるはずだと、ユキノはアクセルをさらに開けた。

——アラタ、無事でいて。

誰でもいい。お願いだから、アラタを助けて。

祈り続けながらユキノは、ただひたすらに、前進する。

*

内圧は、四百六十キロパスカルまで上昇していた。

四百七十、四百八十、と少しずつ限界に近づいていく隆起を、雨音はモニター越しに凝視する。

「腐敗隆起下部外皮、剝落します」

天は自分に味方している、と雨音は思った。

あるいはアラタが、思いのほかいい働きをしてくれたということか。

外皮さえはがれてくれれば、あとはミサイルでどうとでもなる。

「外皮剥落！　内膜、八十％露出！　第一穿孔想定内圧は……」

「まだ、怪獣上に人が！」

カメラがクローズアップし、果敢にもひとり、隆起の上部に立つアラタの姿が映し出された。

――意地を張るから、そうなる。

冷酷に、雨音は隊員たちに告げる。

「かまわない」

狙うのは、下部だ。

上部に立つアラタは、運が良ければ助かるだろう。

「ミサイル、発射準備！」

指揮官からそう言われては、ためらう理由は隊員たちになかった。

「ミサイル、発射準備よし！」

「撃て！」

雨音の号令とともに、隆起の下部をめがけて、ミサイルが発射される。

＊

月面に立ってるみたいだな、とアラタは思った。

でこぼこした怪獣の表皮はまるでクレーターだ。つまずかないよう注意を払いながら、けれど足早に目的の場所をめざす。

穿孔の第二ポイントも、第一ポイントと同じ手順で、アラタはランチャーを撃ち込んだ。先ほどと同じように、穿孔排気爆弾の後部がはじけとんで、腐敗ガスが一気に吹きあがる。

二つの穴から噴き出したガスは、相乗効果で気流の勢いを増して、渦のようにぐるぐると隆起のまわりを撫でるように、上空へとのぼっていった。

充満したガスで、視界が歪む。けれど立ち止まっている時間はなかった。

残りひとつは、隆起の上部。三点全部、正確に穴を開けなきゃ、意味がない。

――隆起の頂上にもうひとつ穴を開けます。すると上昇するガスにひっぱられ、隆起の周囲をまわっていた腐敗ガスが、竜巻状になって上昇。成層圏までのぼるというわけです。

八見雲の言葉を思い出しながら、アラタは最後の穿孔排気ランチャーを背負った。

——さて、どうするか。

ブルースの計測が正確無比であることはこれで証明された。

八見雲の見立てが正しかったことも。

だから、怖くはなかった。

あと一発、指示されたとおりにランチャーを撃ち込めば隆起は消える。人類はキノコに汚染される恐怖から救われる。あと、少しだ。あと少しでアラタは、望んでいた場所に、帰ることができる。きっと。

あたりを見回し、アラタは上空に放り出された〈希望〉の片足をよじのぼることに決めた。

隆起上部は表皮がはがれているため、内膜があらわになっているが、ランチャーを三度撃ち込まなければ深部にたどりつけないことから察するに、言葉から想像されるほど薄いものではない。

ガスが噴き出しているとはいえ、内膜がたるんでいる、ということもなさそうだし、アラタが乗ったくらいで爆発するとは思えなかった。爪の先から飛び移ろう、とボルダリングの要領で、一歩ずつ、上をめざす。

これが思ったよりも、きつかった。

体力にも筋力にも自信はあるほうだが、腕はちぎれそうだし、少しでも気がゆるめば足を滑らせて落ちる。爆発に巻きこまれる前に墜落死なんてしたら洒落にならないしカッコもつかないと、皮膚の突起を握る手に力をこめる。

のぼりきったときには、さすがに息が切れていた。

呼吸をととのえ、「は!」と声を出して隆起の上に飛びうつる。少し弾むかと思ったけれど、みちみちにガスの充満した隆起はびくともしない。それはつまり、限界が近いということでもあった。

うっかり蹴破らないよう慎重に歩きだしたアラタは、ふと手首に違和感を覚えて視線を落とした。

手袋と袖のあいだ、皮膚があらわになったところに小さなキノコが生えている。しかも、二本。ガスが吹き荒れる中を、突き進んできたせいだろう。でも、だからといって、こんな短時間で。

その威力に改めてぞっとし、むしりとって投げ捨てる。

——動揺、していたせいだろう。いつもなら気がつくはずの危険の徴候を見逃した。何かが風を切って近づいてくる、音にふりかえったときには遅かった。

風圧で、足元が揺らぐ。ガスで曇った視界の向こうから、先端の尖った何かが二つ、隆起めがけて飛んでくるのが見える。

――しまった。

ミサイルだった。

いつのまに発射許可が下りていたのだろう。

でもアラタが、穿孔に成功していることは、本部のモニターからも見えているはずなのに。

――雨音。そうまでして、お前は。

川に飛び降りる以外、アラタに逃げ場はない。

けれどアラタの命が助かったところで、ミサイルが隆起に着弾すれば、爆発でガスは日本中に吹き荒れる。選択肢は、その前にランチャーを第三ポイントに撃ち込むことだけだったが、迫りくるミサイルの風圧で足元がおぼつかず、正確に穿孔できるとは思えなかった。

――これまでか。

ごめんなさい、ブルースさん。……それから、ユキノ。

アラタは、覚悟を決めて、目を閉じた。

その瞬間、ミサイルは激しい音を立てて、爆発した。

＊

乙腐敗隆起ではなく、川に半分沈んだ怪獣の首筋で爆発が起きたのを見て、雨音は気色ばんだ。

「状況は？」

「確認します！」

失敗、したのか。隆起の内圧はどうなっている、アラタは、今、どこに。

爆風で吹き飛ばされたのか、上部に、アラタの姿は見えなかった。

雨音は、歯ぎしりをする。

「内圧、五百……」

呆然と、隊員のひとりがつぶやく。

けれど雨音は、諦めなかった。

「腐敗隆起からの気流を確認。目標、頭頂部の第三ポイント」

「……なぜだ」

と冷静に告げる。

遠目からだと薄くて見えなかったが、どうやら、アラタは第一、第二ポイントの穿孔に成功していたらしい。ということは、第三ポイントの穿孔さえ成功させることができれば、すべて丸くおさまるはずだった。

けれどそのとき、モニターがホットラインに繋がった。

バイクに乗った、ユキノからだった。

「アラタがいるのよ！　今すぐ、発射をやめさせて！」

絶叫に近い妻の訴えを、雨音はとりつくしまもなく、しりぞける。

「彼なら、心配ない」

「なんで!?　なんでそんなことが言えるの!?」

ユキノの瞳に、嫌悪と憎しみの色が浮かぶ。

そんなまなざしを向けられたのは、初めてだった。

けれど雨音は、退くわけにはいかなかった。

「心配ないんだ……」

すでにホットラインは途切れ、ユキノに雨音の声は届かない。

雨音とて、アラタを殺そうと思っているわけじゃない。死んでしまったら不運だと思うが、どこかで、そうはならないと信じていた。

三年前、光に呑み込まれて消えたアラタ。

一年前、唐突に戻ってきたアラタ。

そして、前触れもなく現れた怪獣。

やはり前触れもなく、怪獣の命を奪った光。

犬神博士が解析した、光のなかに浮かぶ影。

すべてのデータを結集させれば、導きだされる答えは一つだった。それがどんなに、ありえないことだったとしても。

「あいつが何者なのか、見極めるときがきたのだ……」

つぶやき、雨音は臆(おく)することなく、第三ポイントを狙うミサイル発射の号令を出す。

＊

土手からロケットランチャーを撃った栩の腕前は見事だった。

高速で飛ぶミサイル二機が、〈希望〉の体の上に落ちる進路を狙い、ロケットランチャーを発射させてロケット爆弾をぶち当てたのだ。

まさに間一髪であった。

弾道のそれたミサイルは〈希望〉の頭部付近に落ちた。ロケット弾もまた、絶妙に川面に落ちて、大きな被害をまぬがれた。もちろん、隆起も、無事である。

近寄れるギリギリまでバイクを走らせると、ユキノは乗り捨て、〈希望〉に向かって走り出した。ヒールなんてはくんじゃなかったと悔やみながら、〈希望〉の上にアラタの姿を探す。

爆風がおさまるにつれて、乱れていたガスの流れも、もとどおり上昇し始めている。その隙間から、隆起の上部で体勢を立て直すアラタの姿が見える。

「よかった……！」

けれどユキノの足は止まらなかった。

あれはやっぱり別れの挨拶だったのだと、アラタは〈希望〉と一緒に死ぬ気なのだと、思ったから。

そうは、させない。

二度と一人で、手の届かない場所へなんて、行かせない。

「もう、置いてきぼりは許さない……！」

背丈ほどある川べりのすすきをかきわけて、顔に擦り傷をつくりながら、ユキノは〈希望〉に向かって、アラタに向かって、走っていく。

*

乙腐敗隆起の内圧が限界を迎えていることは、数値を聞かなくてもわかった。

まるで龍の巣だ。

巨大なガスの渦が隆起を中心に生まれ、表皮の一部がはじけ飛ぶのを眺めながら、アラタは目のまわりの汗と煤をぬぐった。

「もう少しだ……」

ずれたゴーグルを、かけなおす。

幸い、壊れてはいなかった。

飛ばされた衝撃で電源が一瞬、落ちただけで、スイッチを押せばふたたび、第三ポイントの位置と穿孔する角度を正確に教えてくれた。

背中にしょっているこれが爆発しなくてよかったな、と安堵しながら、ポイントに辿りつくとランチャーを差し込む。

もう、三度も引き金をひく必要はなかった。

限界までふくれあがり、やはり限界まで薄くなった内膜に、穿孔排気爆弾は一発で押し込まれる。

そして。

爆弾の後部の蓋があいて、ガスが、噴き出した。

第三のガスは、第一第二のガスを巻き込んでごうごうと音をたてて天空へと舞い上がっていく。

——やった。ついに。

けれど喜んでばかりはいられなかった。

隆起自体がいつどうなるか、わからない。〈希望〉の足をつたって降りて、安全な場所に逃げなくては。

そう思った、そのとき。

ふたたび、空気がびりびりと震えて、アラタの足元が揺らいだ。

今度は隆起の上部——アラタの今いる場所をめがけてミサイルが飛んでくる。

「しまっ……」

隆起の外側に逃げて、身体を伏せるも、ほとんど意味はなかった。

ミサイルはアラタの目の前で爆発し、防毒マスクもゴーグルも割れて肌が切れる。

ヘルメットも吹き飛ばされて、アラタは身一つで爆風に呑まれた。

そしてユキノが空を見上げて立っている、河原へと、ゆっくり静かに、落ちていく。

*

腐敗で、外皮も生きているころよりは脆くなっていたのだろう。

ミサイルで損傷を受けた〈希望〉の身体はバラバラになって、はじけ飛んだ。皮と、肉と、爪と。銀杏でもウンコでもゲロでもない、ただ、腐ってゆく血肉の臭いをまとって河原に降り注ぐそれらにまじって、アラタが飛んでいくのを、ユキノは立ち止まって呆然と見つめた。

何が起きているのか、わからなかった。

やがて、鈍い音とともにアラタがユキノの数十メートル先に落下する。

生きている、とは思えない音の重さに、ユキノは絶叫した。

「あ……あら……アラタ……！」

駆け出すも、足がもつれる。

それでも前へ、前へと走るユキノは、何かにつまずいて転んだ。

ブルースの、青いヘルメット。

目にした瞬間、涙があふれ出た。

――どうして。……どうして、どうして、どうして！

せっかく、また会えたのに。

〝これから〟の話を一緒にしようと、思っていたのに！

「ううー」と声にならない嗚咽が漏れる。上半身をどうにか起こすことができても、足に力が入らなくて、立ちあがれない。

もう無理だよ、アラタ。

私もう、がんばれない。だってあなたが、今度こそどこにもいなくなっちゃったんだもの。

あんなにも、何をやっても太刀打ちできなかった怪獣の肉体は、外側からぼろぼろと崩れ落ちていく。畏怖さえ抱かせた圧倒的な存在感はそこになく、単なる肉の山と化したそれは、人類の希望ではなく絶望の象徴として、川のまんなかに鎮座し続けるに違いないと、ユキノは思った。

そのとき。

「アラタ……？」

ゆらりと、立ちあがる影があった。

「うそ……」

頭から血を流し、煤にまみれてはいるけれど、アラタはたしかに生きてそこに立っていた。

つられるように、ユキノも立ちあがる。けれど、駆け寄ろうとした刹那、アラタは微笑んで、手のひらを突きだし、ユキノを制した。

「え……？」

うまく、思考がまわらない。

だってあんな高さから落ちて、無事だなんてことがある？

彼なら心配ない、と言った、非道とも思える雨音の声が脳裏に響いた。

それはこういう意味だったのか。

アラタは——死ぬことがないと。ユキノたちと同じように、命を脅かされることはないのだと。

アラタは、ポケットからとりだしたスマートフォンを高々と上空に掲げた。

まるで何かに――子どものころテレビで見たヒーローが、何かに変身しようとするような、ポーズをとって。

「――デウス・エクス・マキナ」

アラタが、つぶやく。

スマートフォンが、まばゆく、光る。

それは、覚えのある閃光だった。

あまりに強いエネルギーと爆風に、ユキノは吹き飛ばされそうになりながらも、両腕を前にかざしてなんとか、踏みとどまろうとする。

気づいたときには、太陽の光さえ、すべて奪われていた。

現実には日中で、太陽は高く昇っているはずなのに、そうと錯覚してしまうほど光は燦々とユキノの頭上に輝いていた。

「選ばれし者……」

光を背負った巨大な影が、ユキノを見下ろしている。

影の主がアラタなのだということは、聞かずともわかった。そして、これが――二年間の空白の理由だったのだということも。

あの夜、あの瞬間、光に呑まれたアラタは、アラタではなくなってしまった。

ここではないどこかで使命を果たす、人ならざる存在になってしまった。

——だけど、戻ってきた。

おそらくは怪獣から、ユキノたちを救うために。

アラタは——選ばれし者は——川に横たわった怪獣の残骸を持ち上げた。その崇高なたたずまいを、一瞬たりとも見逃すまいと、ユキノは目を見開いた。

言ってくれればよかったのに、と拗ねるような気持ちと、言えるわけないよね、という了解がないまぜになって、涙がこぼれそうになる。

何も知らず、ひどいことを、たくさん言った。

アラタはきっと、三年前に消えたあの日のまま、ユキノに会いたかったのに。

選ばれし者なんかじゃない、ユキノの恋人だったころと同じ、ただの人間として、あがきたかったのだ。最後の最後まで、帯刀アラタとして、ユキノたちの生きる世界を救いたかった。

わかってあげられなくてごめん、と謝りかけて、それよりはありがとうのほうが別れにふさわしいような気がして、やめる。

たぶんもう、アラタとは、二度と会うことはできない。

彼の住む世界は、もはや、ここではない。だけど。

それでも。

──また、いつか。

心の内でそう囁くと、はかったように彼は、颯爽と舞いあがる。シュワッと風を切る音を立て、決してふりかえることはなく、遠い空の彼方へと飛んでいく。

「……ご武運を」

知らず、ユキノは敬礼していた。

声は、もう、届かない。

けれどきっと、心は届いているはずだと信じて、その姿が星と同化して消えてしまうまで、いつまでもいつまでも空を見あげ続ける。

そうしてふと、夫のしかめつらが、脳裏によぎった。

正彦は、知っていたのだろうか。……知っていた、に違いない。いったい、いつから？　……いや、そんなことはどうでもいい。大事なのは、いなくなってしまった今も、ユキノがアラタを愛しているということだ。

その想いはもう、揺るがない。

自分に嘘をついて、ごまかしたりなどしない。だから。

そんな話を、正彦としようと、ユキノは思った。今も、これからも、アラタのことを愛しているのだとちゃんと彼に告げて、そのうえで、これからをどうするのか話し合って決めようと。

正彦の話も、聞きたかった。

アラタのことをどう思っていたのか。夫の本音を、ちゃんと、聞きたかった。

彼の守ってくれたこの地球(ほし)で。この街で。

いつだって光の彼方に消えた彼を、想いながら。

本書は、映画『大怪獣のあとしまつ』（脚本　三木聡）
のノベライズとして著者が書き下ろした作品です。

|著者|橘 もも 1984年愛知県生まれ。2000年『翼をください』で第7回講談社X文庫ティーンズハート大賞佳作を受賞しデビュー。「忍者だけど、OLやってます」シリーズなどのオリジナル作品に加え、『小説 透明なゆりかご』『小説 空挺ドラゴンズ』『さんかく窓の外側は夜 映画版ノベライズ』などのノベライズも手がけている。
|脚本|三木 聡 1961年神奈川県出身。大学在学中から放送作家として活動し、「ダウンタウンのごっつええ感じ」「タモリ倶楽部」などのバラエティ番組を手がけ確固たる地位を築く。『イン・ザ・プール』で長編映画監督デビュー。『亀は意外と速く泳ぐ』『ダメジン』『図鑑に載ってない虫』『転々』『インスタント沼』『俺俺』『音量を上げろタコ！』などを監督。テレビドラマでも「時効警察」シリーズを筆頭に「熱海の捜査官」など、オリジナリティ溢れる作品を作り出し、熱狂的なファンを持つ。

大怪獣のあとしまつ 映画ノベライズ
橘 もも|脚本 三木 聡

講談社文庫
定価はカバーに
表示してあります

2021年12月15日第1刷発行

発行者——鈴木章一
発行所——株式会社 講談社
東京都文京区音羽2-12-21 〒112-8001
電話 出版 (03) 5395-3510
販売 (03) 5395-5817
業務 (03) 5395-3615
Printed in Japan

デザイン—菊地信義
本文データ制作—講談社デジタル製作
印刷———株式会社広済堂ネクスト
製本———株式会社国宝社

ISBN978-4-06-526407-2

講談社文庫刊行の辞

二十一世紀の到来を目睫に望みながら、われわれはいま、人類史上かつて例を見ない巨大な転換期をむかえようとしている。

世界も、日本も、激動の予兆に対する期待とおののきを内に蔵して、未知の時代に歩み入ろうとしている。このときにあたり、創業の人野間清治の「ナショナル・エデュケイター」への志を現代に甦らせようと意図して、われわれはここに古今の文芸作品はいうまでもなく、ひろく人文・社会・自然の諸科学から東西の名著を網羅する、新しい綜合文庫の発刊を決意した。

激動の転換期はまた断絶の時代である。われわれは戦後二十五年間の出版文化のありかたへの深い反省をこめて、この断絶の時代にあえて人間的な持続を求めようとする。いたずらに浮薄な商業主義のあだ花を追い求めることなく、長期にわたって良書に生命をあたえようとつとめるところにしか、今後の出版文化の真の繁栄はあり得ないと信じるからである。

同時にわれわれはこの綜合文庫の刊行を通じて、人文・社会・自然の諸科学が、結局人間の学にほかならないことを立証しようと願っている。かつて知識とは、「汝自身を知る」ことにつきていた。現代社会の瑣末な情報の氾濫のなかから、力強い知識の源泉を掘り起し、技術文明のただなかに、生きた人間の姿を復活させること。それこそわれわれの切なる希求である。

われわれは権威に盲従せず、俗流に媚びることなく、渾然一体となって日本の「草の根」をかたちづくる若く新しい世代の人々に、心をこめてこの新しい綜合文庫をおくり届けたい。それは知識の泉であるとともに感受性のふるさとであり、もっとも有機的に組織され、社会に開かれた万人のための大学をめざしている。大方の支援と協力を衷心より切望してやまない。

一九七一年七月

野間省一

講談社文庫 目録

高田崇史 カンナ 鎌倉の血陣
高田崇史 カンナ 天満の葬列
高田崇史 カンナ 出雲の顕在
高田崇史 カンナ 京都の霊前
高田崇史 軍神の血脈〈楠木正成秘伝〉
高田崇史 神の時空 鎌倉の地龍
高田崇史 神の時空 倭の水霊
高田崇史 神の時空 貴船の沢鬼
高田崇史 神の時空 三輪の山祇
高田崇史 神の時空 嚴島の烈風
高田崇史 神の時空 伏見稲荷の轟雷
高田崇史 神の時空 五色不動の猛火
高田崇史 神の時空 京の天命
高田崇史 神の時空 前紀〈女神の功罪〉
高田崇史 鬼棲む国、出雲〈古事記異聞〉
高田崇史 オロチの郷、奥出雲〈古事記異聞〉
高田崇史 京の怨霊、元出雲〈古事記異聞〉
団 鬼六 悦楽王〈鬼プロ繁盛記〉
高野和明 13階段
高野和明 グレイヴディッガー
高野和明 K・Nの悲劇
高野和明 6時間後に君は死ぬ
大道珠貴 ショッキングピンク
高木 徹 ドキュメント 戦争広告代理店〈情報操作とボスニア紛争〉
田中啓文 件〈もの言う牛〉
高嶋哲夫 メルトダウン
高嶋哲夫 命の遺伝子
高嶋哲夫 首都感染
高野秀行 西南シルクロードは密林に消える
高野秀行 怪獣記
高野秀行 アジア未知動物紀行 ベトナム・奄美・アフガニスタン
高野秀行 イスラム飲酒紀行
高野秀行 移民の宴〈日本に移り住んだ外国人の不思議な食生活〉
高野秀行 角幡唯介 地図のない場所で眠りたい
田牧大和 花合せ〈濱次お役者双六〉
田牧大和 質草破り〈濱次お役者双六 二ます目〉
田牧大和 翔ぶ梅〈濱次お役者双六 三ます目〉
田牧大和 半可心中〈濱次お役者双六〉
田牧大和 長屋狂言〈濱次お役者双六〉
田牧大和 錠前破り、銀太
田牧大和 錠前破り、銀太 紅蜆
田牧大和 錠前破り、銀太 首魁
田牧大和 大福三つ巴〈宝来堂うまいもん番付〉
高殿 円 メサイア〈警備局特別公安五係〉
高野史緒 カラマーゾフの妹
高野史緒 翼竜館の宝石商人
瀧本哲史 僕は君たちに武器を配りたい〈エッセンシャル版〉
竹吉優輔 襲名犯
高田大介 図書館の魔女 第一巻 第二巻
高田大介 図書館の魔女 第三巻 第四巻
高田大介 図書館の魔女 鳥の伝言 (上)(下)
大門剛明 反撃のスイッチ
大門剛明 完全無罪
大門剛明 死刑評決〈「完全無罪」シリーズ〉
橘 もも OVER DRIVE
橘 もも 原作 沖田×華 脚本 安達奈緒子 小説 透明なゆりかご (上)(下)
橘 もも 原作 ヤマシタトモコ 脚本 相沢友子 さんかく窓の外側は夜〈映画版ノベライズ〉

鳥羽 亮 霞と飛燕〈駆込み宿 影始末〉
鳥羽 亮 闇姫変化〈駆込み宿 影始末〉
鳥羽 亮 鶴亀横丁の風来坊
鳥羽 亮 金貸し権兵衛〈鶴亀横丁の風来坊〉
鳥羽 亮 提灯斬り〈鶴亀横丁の風来坊〉
鳥羽 亮 お京危うし〈鶴亀横丁の風来坊〉
鳥羽 亮 狙われた横丁〈鶴亀横丁の風来坊〉
東郷 隆 上田 信 絵 【絵解き】雑兵足軽たちの戦い〈歴史・時代小説ファン必携〉
堂場瞬一 八月からの手紙
堂場瞬一 壊れる心〈警視庁犯罪被害者支援課〉
堂場瞬一 邪心〈警視庁犯罪被害者支援課2〉
堂場瞬一 二度泣いた少女〈警視庁犯罪被害者支援課3〉
堂場瞬一 身代わりの空(上)(下)〈警視庁犯罪被害者支援課4〉
堂場瞬一 影の守護者〈警視庁犯罪被害者支援課5〉
堂場瞬一 不信の鎖〈警視庁犯罪被害者支援課6〉
堂場瞬一 空白の家族〈警視庁犯罪被害者支援課7〉
堂場瞬一 チェンジ〈警視庁犯罪被害者支援課8〉
堂場瞬一 傷
堂場瞬一 埋れた牙

堂場瞬一 Killers(上)(下)
堂場瞬一 虹のふもと
堂場瞬一 ネタ元
堂場瞬一 ピットフォール
土橋章宏 超高速！参勤交代
土橋章宏 超高速！参勤交代 リターンズ
戸谷洋志 Jポップで考える哲学〈自分を問い直すための15曲〉
富樫倫太郎 信長の二十四時間
富樫倫太郎 風の如く 吉田松陰篇
富樫倫太郎 風の如く 久坂玄瑞篇
富樫倫太郎 風の如く 高杉晋作篇
富樫倫太郎 スカーフェイス〈警視庁特別捜査第三係・淵神律子〉
富樫倫太郎 スカーフェイスII デッドリミット〈警視庁特別捜査第三係・淵神律子〉
富樫倫太郎 スカーフェイスIII ブラッドライン〈警視庁特別捜査第三係・淵神律子〉
富樫倫太郎 スカーフェイスIV デストラップ〈警視庁特別捜査第三係・淵神律子〉
豊田 巧 警視庁鉄道捜査班〈鉄血の警視〉
豊田 巧 警視庁鉄道捜査班〈鉄路の牢獄〉
夏樹静子 新装版 二人の夫をもつ女
中井英夫 新装版 虚無への供物(上)(下)

中島らも 僕にはわからない
中島らも 今夜、すべてのバーで〈新装版〉
鳴海 章 フェイスブレイカー
鳴海 章 謀略航路
鳴海 章 全能兵器AiCO
中嶋博行 ホカベン ボクたちの正義
中嶋博行 新装版 検察捜査
中嶋博行 新検察捜査
中村天風 運命を拓く〈天風瞑想録〉
中山康樹 ジョン・レノンから始まるロック名盤
梨屋アリエ でりばりぃAge
梨屋アリエ ピアニッシシモ
中島京子 妻が椎茸だったころ
中島京子ほか 黒い結婚 白い結婚
奈須きのこ 空の境界(上)(中)(下)
中村彰彦 乱世の名将 治世の名臣
長野まゆみ 簞笥のなか
長野まゆみ レモンタルト
長野まゆみ チマチマ記

講談社文庫 目録

2021年9月15日現在